GRöLS Verlage

„BÜCHER SIND WIE FALLSCHIRME. SIE NÜTZEN UNS NICHTS, WENN WIR SIE NICHT ÖFFNEN."

Gröls Verlag

Redaktionelle Hinweise und Impressum

Das vorliegende Werk wurde zugunsten der Authentizität sehr zurückhaltend bearbeitet. So wurden etwa ursprüngliche Rechtschreibfehler *nicht* systematisch behoben, denn kleine Unvollkommenheiten machen das Buch – wie im Übrigen den Menschen – erst authentisch. Mitunter wurden jedoch zum Beispiel Absätze behutsam neu getrennt, um den Lesefluss zu erleichtern.

Um die Texte zu rekonstruieren, werden antiquarische Bücher von Lesegeräten gescannt und dann durch eine Software lesbar gemacht. Der so entstandene Text wird von Menschen gegengelesen und korrigiert – hierbei treten auch Fehler auf. Wenn Sie ebenfalls antiquarische Texte einreichen möchten, finden Sie weitere Informationen auf www.groels.de

Viel Freude bei der Lektüre wünscht Ihnen das Team des Gröls-Verlags.

Adressen

Verleger: Sophia Gröls, Im Borngrund 26, 61440 Oberursel

Externer Dienstleister für Distribution & Herstellung: BoD, In de Tarpen 42, 22848 Norderstedt

Unsere „Edition | Werke der Weltliteratur“ hat den Anspruch, eine der größten und vollständigsten Sammlungen klassischer Literatur in deutscher Sprache zu sein. Nach und nach versammeln wir hier nicht nur die „üblichen Verdächtigen“ von Goethe bis Schiller, sondern auch Kleinode der vergangenen Jahrhunderte, die – zu Unrecht – drohen, in Vergessenheit zu geraten. Wir kultivieren und kuratieren damit einen der wertvollsten Bereiche der abendländischen Kultur. Kleine Auswahl:

Francis Bacon • Neues Organon • **Balzac** • Glanz und Elend der Kurtisanen • **Joachim H. Campe** • Robinson der Jüngere • **Dante Alighieri** • Die Göttliche Komödie • **Daniel Defoe** • Robinson Crusoe • **Charles Dickens** • Oliver Twist • **Denis Diderot** • Jacques der Fatalist • **Fjodor Dostojewski** • Schuld und Sühne • **Arthur Conan Doyle** • Der Hund von Baskerville • **Marie von Ebner-Eschenbach** • Das Gemeindekind • **Elisabeth von Österreich** • Das Poetische Tagebuch • **Friedrich Engels** • Die Lage der arbeitenden Klasse • **Ludwig Feuerbach** • Das Wesen des Christentums • **Johann G. Fichte** • Reden an die deutsche Nation • **Fitzgerald** • Zärtlich ist die Nacht • **Flaubert** • Madame Bovary • **Gorch Fock** • Seefahrt ist not! • **Theodor Fontane** • Effi Briest • **Robert Musil** • Über die Dummheit • **Edgar Wallace** • Der Frosch mit der Maske • **Jakob Wassermann** • Der Fall Maurizius • **Oscar Wilde** • Das Bildnis des Dorian Grey • **Émile Zola** • Germinal • **Stefan Zweig** • Schachnovelle • **Hugo von Hofmannsthal** • Der Tor und der Tod • **Anton Tschechow** • Ein Heiratsantrag • **Arthur Schnitzler** • Reigen • **Friedrich Schiller** • Kabale und Liebe • **Nicolo Machiavelli** • Der Fürst • **Gotthold E. Lessing** • Nathan der Weise • **Augustinus** • Die Bekenntnisse des heiligen Augustinus • **Marcus Aurelius** • Selbstbetrachtungen • **Charles Baudelaire** • Die Blumen des Bösen • **Harriett Stowe** • Onkel Toms Hütte • **Walter Benjamin** • Deutsche Menschen • **Hugo Bettauer** • Die Stadt ohne Juden • **Lewis Caroll** • *und viele mehr….*

Joseph Roth

Beichte eines Mörders

Vor einigen Jahren wohnte ich in der Rue des Quatre Vents. Meinen Fenstern gegenüber lag das russische Restaurant „Tari-Bari“. Oft pflegte ich dort zu essen. Dort konnte man zu jeder Stunde des Tages eine rote Rübensuppe bekommen, gebackenen Fisch und gekochtes Rindfleisch. Ich stand manchmal spät am Tage auf. Die französischen Gasthäuser, in denen die altüberlieferten Stunden des Mittagessens streng eingehalten wurden, bereiteten sich schon für die Nachtmähler vor. Im russischen Restaurant aber spielte die Zeit keine Rolle. Eine blecherne Uhr hing an der Wand. Manchmal stand sie, manchmal ging sie falsch; sie schien die Zeit nicht anzuzeigen, sondern verhöhnen zu wollen. Niemand sah nach ihr. Die meisten Gäste dieses Restaurants waren russische Emigranten. Und selbst jene unter ihnen, die in ihrer Heimat einen Sinn für Pünktlichkeit und Genauigkeit besessen haben mochten, hatten ihn in der Fremde entweder verloren, oder sie schämten sich, ihn zu zeigen. Ja, es war, als demonstrierten die Emigranten bewußt gegen die berechnende, alles berechnende und so sehr berechnete Gesinnung des europäischen Westens, und als wären sie bemüht, nicht nur echte Russen zu bleiben, sondern auch „echte Russen“ zu spielen, den Vorstellungen zu entsprechen, die sich der europäische Westen von den Russen gemacht hat. Also war die schlecht gehende oder stehengebliebene Uhr im Restaurant „Tari-Bari“ mehr als ein zufälliges Requisit: nämlich ein symbolisches. Die Gesetze der Zeit schienen aufgehoben zu sein. Und manchmal beobachtete ich, daß selbst die russischen Taxi-Chauffeure, die doch gewiß bestimmte Dienststunden einhalten mußten, ebensowenig um den Gang der Zeit bekümmert waren wie die anderen Emigranten, die gar keinen Beruf hatten und die von den Almosen ihrer bemittelten Landsleute lebten. Derlei berufslose Russen gab es viele im Restaurant „Tari-Bari“. Sie saßen dort zu jeder Tageszeit und spät am Abend und noch in der Nacht, wenn der Wirt mit den Kellnern abzurechnen begann, die Eingangstür schon geschlossen war und nur noch eine einzige Lampe über der automatischen Stahlkasse brannte. Gemeinsam mit den Kellnern und dem Wirt verließen diese Gäste die Speisestube. Manche unter ihnen, die obdachlos oder angetrunken waren, ließ der Wirt über Nacht im Restaurant schlafen. Es war zu anstrengend, sie zu wecken und sogar wenn man sie geweckt hätte, wären sie doch gezwungen gewesen, nach einem andern Obdach bei einem andern Landsmann zu suchen. Obwohl ich an den meisten Tagen, wie gesagt, selbst sehr spät aufstand, konnte ich doch manchmal am Morgen, wenn ich zufällig an mein Fenster trat, sehen, daß „Tari-Bari" schon geöffnet war und „in vollem Betrieb", wie der Ausdruck für Gasthäuser lautet. Die Leute gingen ein und aus. Sie nahmen dort offenbar das erste Frühstück und manchmal sogar ein alkoholisches erstes Frühstück. Denn ich sah manche taumelnd herauskommen, die noch mit ganz sicheren Füßen eingetreten waren. Einzelne Gesichter und Gestalten konnte ich mir merken. Und unter diesen, die auffällig genug waren, um sich mir einzuprägen, befand sich ein Mann, von dem ich annehmen durfte, daß er zu jeder Stunde des Tages im Restaurant „Tari-Bari" anzutreffen sei. Denn sooft ich auch des Morgens ans Fenster kam, sah ich ihn drüben vor der Tür des Gasthauses, Gäste begleitend oder Gäste begrüßend. Und sooft ich am späten Nachmittag zum Essen kam, saß er an irgendeinem der Tische, mit den Gästen plaudernd. Und trat ich spät am Abend, vor „Geschäftsschluß" – wie die Fachleute sagen –, im „Tari-Bari" ein, um noch einen Schnaps zu trinken, so saß jener Fremde an der Kasse und half dem Wirt und den Kellnern bei den Abrechnungen. Im Laufe der Zeit schien er sich auch an meinen Anblick gewöhnt zu haben und mich für eine Art Kollegen zu halten. Er würdigte mich der Auszeichnung, ein Stammgast zu sein wie er – und er begrüßte mich nach einigen Wochen mit dem erkennenden und wortreichen Lächeln, das alte Bekannte füreinander haben. Ich will zugeben, daß mich dieses Lächeln am Anfang störte – denn das sonst ehrliche und sympathische Angesicht des Mannes bekam, wenn es lächelte, nicht geradezu einen widerwärtigen, wohl aber einen gleichsam verdächtigen Zug. Sein Lächeln war nicht etwas Helles, es erhellte also nicht das Gesicht, sondern es war trotz aller Freundlichkeit düster, ja, wie ein Schatten huschte es über das

Angesicht, ein freundlicher Schatten. Und also wäre es mir lieber gewesen, wenn der Mann nicht gelächelt hätte.

Selbstverständlich lächelte ich aus Höflichkeit wieder. Und ich hoffte, daß dieses gegenseitige Lächeln vorläufig oder sogar für längere Zeit der einzige Ausdruck unserer Bekanntschaft bleiben würde. Ja, im stillen nahm ich mir sogar vor, das Lokal zu meiden, wenn der Fremde eines Tages etwa anfangen sollte, das Wort an mich zu richten. Mit der Zeit aber ließ ich auch diesen Gedanken fallen. Ich gewöhnte mich an das schattenhafte Lächeln, ich begann, mich für den Stammgast zu interessieren. Und bald fühlte ich sogar den Wunsch nach einer näheren Bekanntschaft mit ihm in mir wach werden.

Es ist an der Zeit, daß ich ihn etwas näher beschreibe: Er war groß gewachsen, breitschultrig, graublond. Mit klaren, manchmal blitzenden, durch Alkohol niemals benebelten blauen Augen sah er die Menschen geradewegs an, mit denen er sprach. Ein mächtiger, sehr gepflegter, graublonder, waagerechter Schnurrbart teilte den oberen Teil des breiten Angesichts von dem unteren, und beide Teile des Angesichts waren gleich groß. Dadurch erschien es etwas langweilig, unbedeutend, das heißt: ohne jedes Geheimnis. Hunderte solcher Männer hatte ich selbst in Rußland gesehn, Dutzende solcher Männer in Deutschland und in den anderen Ländern. Auffallend waren an diesem großen, starken Mann die zarten, langen Hände und ein sanfter, stiller, fast unhörbarer Schritt und überhaupt gewisse langsame, zaghafte und vorsichtige Bewegungen. Deshalb kam es mir zuweilen vor, daß sein Gesicht denn doch etwas Geheimnisvolles barg, insofern nämlich, als es seine gerade, leuchtende Offenheit nur spielte und daß der Mann die Leute, mit denen er sprach, nur deshalb so aufrichtig mit seinen blauen Augen anblitzte, weil er sich denken mochte, daß man Grund haben könnte, ihm zu mißtrauen, wenn er es etwa nicht täte. Und dennoch mußte ich mir bei seinem Anblick immer wieder sagen, daß er, wenn er eine so vollendete, allerdings naive Darstellung der personifizierten Aufrichtigkeit geben konnte, doch in der Tat ein großes Maß von Aufrichtigkeit besitzen mußte. Das Lächeln, mit dem er mir zuwinkte, war vielleicht nur aus Verlegenheit so dunkel:

obwohl die großen Zähne blitzten und der Schnurrbart golden schimmerte, als verlöre er gleichsam während des Lächelns seine graue Mischfarbe und würde immer blonder. Man sieht, wie mir der Mann immer angenehmer wurde. Und bald begann ich sogar, mich auf ihn ein bißchen zu freuen, wenn ich vor der Tür des Gasthauses angelangt war, genauso auf ihn wie auf den vertrauten Schnaps und auf den vertrauten Gruß des dicken, angenehmen Wirtes.

Niemals hatte ich im „Tari-Bari" zu erkennen gegeben, daß ich die russische Sprache verstehe. Einmal aber, als ich an einen Tisch mit zwei Chauffeuren zu sitzen kam, wurde ich von ihnen gefragt, geradeheraus, welcher Nationalität ich sei. Ich antwortete, ich sei ein Deutscher. Wenn sie die Absicht hätten, Geheimnisse vor mir zu besprechen, in welcher Sprache auch immer, so möchten sie das bitte tun, nachdem ich wieder fortgegangen wäre. Denn ich verstünde so ziemlich alle europäischen Sprachen. Da aber gerade in diesem Augenblick ein anderer Tisch frei wurde, erhob ich mich und ließ die Chauffeure allein mit ihren Geheimnissen. Also konnten sie mich nicht mehr fragen, was offenbar ihre Absicht gewesen war, ob ich auch Russisch verstehe. Und man wußte es also weiter nicht.

Aber man erfuhr es eines Tages, eines Abends vielmehr, oder, um ganz genau zu sein: in einer späten Nachtstunde. Und zwar dank dem Graublonden, der damals gerade gegenüber dem Büfett saß, ausnahmsweise schweigsam und beinahe düster, wenn diese Bezeichnung überhaupt auf ihn angewandt werden kann.

Ich trat kurz vor Mitternacht ein, mit der Absicht, einen einzigen Schnaps zu trinken und mich gleich darauf zu entfernen. Ich suchte mir also gar nicht erst einen Tisch, sondern blieb an der Theke stehen, neben zwei anderen späten Gästen, die ebenfalls nur auf einen Schnaps hereingekommen zu sein schienen, entgegen ihrem ursprünglichen Plan aber schon längere Zeit hiergeblieben sein mußten; denn mehrere geleerte und halbgeleerte Gläser standen vor ihnen, dieweil es ihnen vorkommen mochte, daß sie erst ein einziges getrunken hatten. So schnell vergeht manchmal die Zeit, wenn man in einem Lokal an der Theke stehen bleibt, statt sich zu setzen. Sitzt man an einem Tisch, so übersieht man in jeder Sekunde, wieviel man genossen hat, und merkt an der Anzahl der geleerten Gläser den Gang der Zeiger. Tritt man aber in ein Gasthaus ein, nur „auf einen Sprung“, wie man sagt, und bleibt auch am Schanktisch stehen, so trinkt man und trinkt und glaubt, es gehörte noch alles eben zu jenem einzigen „Sprung“, den man zu machen gedacht hatte. Das beobachtete ich an jenem Abend an mir selbst. Denn gleich den beiden andern trank auch ich eins und das andere und das dritte, und ich stand immer noch da, ähnlich einem jener ewig hastigen und ewig säumigen Menschen, die ein Haus betreten, den Mantel nicht ablegen, die Klinke in der Hand behalten, jeden Augenblick auf Wiedersehen sagen wollen und sich dennoch länger aufhalten, als wenn sie Platz genommen hätten. Beide Gäste unterhielten sich ziemlich leise mit dem Wirt auf russisch. Was an der Theke gesprochen wurde, konnte der graublonde Stammgast gewiß nur halb hören. Er saß ziemlich entfernt von uns, ich sah ihn im Spiegel hinter dem Büfettisch, er schien auch gar nicht gesonnen, etwas von dem Gespräch zu hören oder gar sich an ihm zu beteiligen. Auch ich tat nach meiner Gewohnheit so, als verstünde ich nichts. Auf einmal aber schlug ein Satz gleichsam von selbst an mein Ohr. Ich konnte mich seiner gar nicht erwehren. Dieser Satz lautete: „Warum ist unser Mörder heute so finster?“ Einer der beiden Gäste hatte diesen Satz ausgesprochen und dabei mit dem Finger auf das Spiegelbild des Graublonden hinter dem Büfett gedeutet. Unwillkürlich wandte ich mich nach dem Stammgast um und verriet also, daß ich die Frage verstanden hatte. Man musterte mich auch sofort ein wenig mißtrauisch, in der Hauptsache aber verblüfft. Die Russen haben, nicht mit Unrecht, Angst vor Spitzeln, und ich wollte auf alle Fälle verhüten, daß sie mich für einen hielten. Gleichzeitig aber interessierte mich die immerhin ungewöhnliche Bezeichnung „unser Mörder“ in dem Maße, daß ich zuerst zu fragen beschloß, warum man den Graublonden so nenne. Ich hatte, als ich mich umwandte, bemerken können, daß der so ungewöhnlich benannte Stammgast die Frage auch gehört hatte. Er nickte lächelnd. Und er hätte wohl sofort selbst geantwortet, wenn ich gleichgültig geblieben und nicht in dieser kurzen Minute der Gegenstand des Zweifels und des Mißtrauens geworden wäre. „Sie sind also Russe?" fragte mich der Wirt. – Nein, wollte ich antworten, aber zu meiner Verwunderung erwiderte statt meiner der Graublonde hinter meinem Rücken: „Dieser unser Stammgast versteht Russisch und ist ein Deutscher. Er hat immer nur aus Diskretion geschwiegen." „So ist es", bestätigte ich, drehte mich um und sagte: „Ich danke Ihnen, Herr!" „Bitte sehr!" sagte er, stand auf und ging auf mich zu. „Ich heiße Golubtschik", sagte er, „Semjon Semjonowitsch Golubtschik." Wir gaben uns die Hand. Der Wirt und die beiden anderen Gäste lachten. „Woher wissen Sie über mich Bescheid?" fragte ich. „Man ist nicht umsonst bei der russischen Geheimpolizei gewesen", sagte Golubtschik. Ich konstruierte mir sofort eine phänomenale Geschichte. Dieser Mann hier, dachte ich, sei ein alter Beamter der Ochrana gewesen und habe einen kommunistischen Spitzel in Paris umgelegt; weshalb ihn auch diese weißrussischen Emigranten so harmlos und beinahe rührend „unseren Mörder" genannt hatten, ohne sich vor ihm zu scheuen. Ja, vielleicht steckten alle vier unter einer Decke.

„Und woher können Sie unsere Sprache?" fragte mich einer der beiden Gäste. – Und wieder antwortete statt meiner Golubtschik: „Er hat im Krieg an der Ostfront gedient und war sechs Monate in der sogenannten Okkupationsarmee!" „Das stimmt!" bestätigte ich, „Er war dann später", fuhr Golubtschik fort, „noch einmal in Rußland, will sagen: nicht mehr in Rußland, sondern in den Vereinigten Sowjetstaaten, im Auftrag einer großen Zeitung. Er ist Schriftsteller!" Mich verwunderte dieser genaue Bericht über meine Person nur wenig. Denn ich hatte schon ziemlich viel getrunken – und in diesem Zustand kann ich kaum noch das Merkwürdige von dem Selbstverständlichen unterscheiden. Ich wurde sehr höflich und sagte ein wenig gespreizt: „Ich danke Ihnen für das Interesse, das Sie mir so lange bewiesen haben, und für die Auszeichnung, die Sie mir somit schenken!" Alle lachten. Und der Wirt sagte: „Er spricht wie ein alter Petersburger Kanzleirat!" Damit war nun jeder Zweifel an meiner Person ausgelöscht. Ja, man betrachtete mich sogar wohlwollend, und es folgten vier weitere Runden, die wir alle gegenseitig auf unser Wohl tranken.

Der Wirt ging zur Tür, versperrte sie, löschte eine Anzahl Lampen und bat uns alle, Platz zu nehmen. Die Zeiger der Wanduhr standen auf halb neun. Ich trug bei mir keine Uhr, und einen der Gäste nach der Zeit zu fragen schien mir unschicklich. Ich machte mich vielmehr mit dem Gedanken vertraut, daß ich hier die halbe oder die ganze Nacht verbringen würde. Eine große Karaffe Schnaps stand noch vor uns. Sie mußte mindestens, meiner Schätzung nach, zur Hälfte geleert werden. Ich fragte also: „Warum nannte man Sie so merkwürdig vorhin, Herr Golubtschik?"

„Das ist mein Spitzname", sagte er, „aber auch wieder nicht ganz nur ein Spitzname. Ich habe nämlich vor vielen Jahren einen Mann erschlagen und – wie ich damals glaubte – eine Frau auch."

„Ein politisches Attentat?" fragte der Wirt, und es wurde mir also klar, daß auch die andern nichts wußten, außer dem Spitznamen.

„Keine Spur!" sagte Semjon. „Ich bin in keiner Beziehung eine politische Persönlichkeit. Ich mache mir überhaupt nichts aus öffentlichen Dingen. Ich liebe das Private. Nur das interessiert mich. Ich bin ein guter Russe, wenn auch ein Russe aus einem Randgebiet – ich bin nämlich im früheren Wolynien geboren. Aber niemals habe ich meine Jugendgenossen begreifen können, mit ihrer verrückten Lust, unbedingt das Leben für irgendeine verrückte oder auch meinetwegen normale Idee herzugeben. Nein! Glauben Sie mir! Das private Leben, die einfache Menschlichkeit ist wichtiger, größer, tragischer als alles Öffentliche. Und das ist vielleicht für heutige Ohren absurd. Aber das glaube ich, das werde ich bis zu meiner letzten Stunde glauben. Niemals hätte ich politische Leidenschaft genug aufbringen können, um einen Menschen aus politischen Gründen zu töten. Ich glaube auch gar nicht, daß politische Verbrecher besser oder edler sind als andere; vorausgesetzt, daß man der Meinung ist, ein Verbrecher, welcher Art er auch sei, könne kein edler Mensch sein. Ich zum Beispiel, ich habe getötet und halte mich durchaus für einen guten Menschen. Eine Bestie, um es glatt zu sagen: eine Frau, meine Herren, hat mich zum Mord getrieben."

„Sehr interessant!“ sagte der Wirt.

„Gar nicht! Sehr alltäglich“, sagte bescheiden Semjon Semjonowitsch. „Und doch nicht so ganz alltäglich. Ich kann Ihnen meine Geschichte ganz kurz erzählen. Und Sie werden sehn, daß es eine ganz simple Geschichte ist.“

Er begann. Und die Geschichte war weder kurz noch banal. Deshalb habe ich beschlossen, sie hier nachzuschreiben.

„Ich habe Ihnen eine kurze Geschichte versprochen“, begann Golubtschik, „aber ich sehe, daß ich wenigstens am Anfang weit ausholen muß; und ich bitte Sie also, nicht ungeduldig zu werden. Ich sagte Ihnen früher, daß mich nur das Privatleben interessiert. Ich muß darauf zurückkommen. Ich will damit sagen, daß man, wenn man genau achtgeben würde, unbedingt zu dem Resultat kommen müßte, daß alle sogenannten großen, historischen Ereignisse in Wahrheit zurückzuführen sind auf irgendein Moment im Privatleben ihrer Urheber oder auf mehrere Momente. Man wird nicht umsonst, das heißt, ohne private Ursache, Feldherr oder Anarchist oder Sozialist oder Reaktionär, und alle großen und edlen und schimpflichen Taten, die einigermaßen die Welt verändert haben, sind die Folgen irgendwelcher ganz unbedeutender Ereignisse, von denen wir keine Ahnung haben. Ich sagte Ihnen früher, ich sei Spitzel gewesen. Ich habe mir oft darüber den Kopf zerbrochen, warum gerade ich ausersehen war, ein so fluchwürdiges Gewerbe zu betreiben, denn es ruht kein Segen darauf, und es ist bestimmt Gott nicht wohlgefällig. Es ist auch noch heute so, der Teufel reitet mich, ohne Zweifel. Sehn Sie, ich leb' ja heute nicht mehr davon, aber ich kann es nicht lassen, nicht lassen. Ganz gewiß gibt es einen solchen Teufel der Spionage oder der Spitzelei. Wenn mich einer interessiert, wie zum Beispiel dieser Herr hier, der Schriftsteller“, Golubtschik deutete mit dem Kopf gegen mich, „so kann ich nicht ruhen, so ruht es nicht eher in mir, als bis ich erforscht habe, wer er ist, wie er lebt, woher er stammt. Denn ich weiß natürlich noch mehr von Ihnen, als Sie ahnen. Sie wohnen da drüben und schauen manchmal des Morgens im Negligé zum Fenster hinaus. Na aber, es ist ja auch nicht von Ihnen die

Rede, sondern von mir. Also fahren wir fort. Es war Gott nicht wohlgefällig, aber Sein unerforschter Ratschluß hatte es mir ja vorgezeichnet.

Sie kennen meinen Namen, meine Herren, ich sage lieber: meine Freunde. Denn es ist besser, „meine Freunde" zu sagen, wenn man erzählt, nach guter, alter heimatlicher Sitte. Mein Name ist also, wie Sie wissen: Golubtschik. Ich frage Sie selbst, ob das gerecht ist. Ich war immer groß und stark, schon als Knabe an Wuchs und Körperkraft weit stärker als meine Kameraden; und gerade ich muß Golubtschik heißen. Nun, es gibt noch etwas: Ich hieß gar nicht mit Recht so, das heißt: nach natürlichem Recht sozusagen. Denn das war der Name meines legitimen Vaters. Indessen: Mein wirklicher Name, mein natürlicher, der Name meines natürlichen Vaters war: Krapotkin – und ich bemerke eben, daß ich nicht ohne lasterhaften Hochmut diesen Namen ausspreche. Sie sehen: Ich war ein uneheliches Kind. Dem Fürsten Krapotkin gehörten, wie Sie wissen werden, viele Güter in allen Teilen Rußlands. Und eines Tages erfaßte ihn die Lust, auch ein Gut in Wolynien zu kaufen. Solche Leute hatten ja ihre Launen. Bei dieser Gelegenheit lernte er meinen Vater kennen und meine Mutter. Mein Vater war Oberförster. Krapotkin war eigentlich entschlossen gewesen, alle Angestellten des früheren Herrn zu entlassen. Als er aber meine Mutter sah, entließ er alle – mit Ausnahme meines Vaters. Und so kam es eben. Mein Vater, der Förster Golubtschik, war ein einfacher Mann. Stellen Sie sich einen gewöhnlichen, blonden Förster in dem üblichen Gewande des Försterberufes vor, und Sie haben meinen legitimen Vater vor Augen. Sein Vater, mein Großvater also, war noch Leibeigener gewesen. Und Sie werden begreifen, daß der Förster Golubtschik gar nichts dagegen einzuwenden hatte, daß der Fürst Krapotkin, sein neuer Herr, meiner Mutter häufige Besuche zu einer Stunde machte, in der die verheirateten Frauen bei uns zu Lande an der Seite ihrer angetrauten Männer zu liegen pflegen. Nun, ich brauche nichts weiter zu sagen: Nach neun Monaten kam ich zur Welt, und mein wirklicher Vater hielt sich bereits seit drei Monaten in Petersburg auf. Er schickte Geld. Er war ein Fürst, und er benahm sich genauso, wie sich ein

Fürst zu benehmen hat. Meine Mutter hat ihn zeit ihres Lebens nicht vergessen. Ich schließe das aus der Tatsache, daß sie außer mir kein anderes Kind zur Welt gebracht hat. Das will also heißen, daß sie nach der Geschichte mit Krapotkin sich geweigert hat, ihre „ehelichen Pflichten zu erfüllen", wie es in den Gesetzbüchern heißt. Ich selbst erinnere mich genau, daß sie niemals in einem Bett geschlafen haben, der Förster Golubtschik und meine Mutter. Meine Mutter schlief in der Küche, auf einem improvisierten Lager, auf der ziemlich breiten Holzbank, genau unter dem Heiligenbild, während der Förster ganz allein das geräumige Ehebett in der Stube einnahm. Denn er hatte genug Einkünfte, um sich Stube und Küche leisten zu können. Wir wohnten am Rande des sogenannten „schwarzen Waldes" – denn es gab auch einen lichten Birkenwald, und der unsrige bestand aus Tannen. Wir wohnten abseits und etwa zwei bis drei Werst entfernt vom nächsten Dorf. Es hieß Woroniaki. Mein legitimer Vater, der Förster Golubtschik, war, im Grunde genommen, ein sanfter Mann. Niemals habe ich einen Streit zwischen ihm und meiner Mutter gehört. Sie wußten beide, was zwischen ihnen stand. Sie sprachen nicht darüber. Eines Tages aber – ich mochte damals etwa acht Jahre alt gewesen sein – erschien ein Bauer aus Woroniaki in unserem Haus, fragte nach dem Förster, der gerade durch die Wälder streifte, und blieb sitzen, als meine Mutter ihm sagte, daß ihr Mann vor dem späten Abend nicht nach Hause kommen würde. „Nun, ich habe Zeit!" sagte der Bauer. „Ich kann auch bis zum Abend warten und auch bis Mitternacht und auch später. Ich kann warten, bis ich eingesperrt werde. Und das hat noch mindestens einen Tag Zeit!" „Warum sollte man Sie einsperren?" fragte meine Mutter. „Weil ich Arina, meine leibliche Tochter Arina, mit diesen meinen Händen erwürgt habe", antwortete lächelnd der Bauer. Ich kauerte neben dem Ofen, weder meine Mutter noch der Bauer beobachteten mich im geringsten, und ich habe die Szene ganz genau behalten. Ich werde sie auch nie vergessen! Ich werde niemals vergessen, wie der Bauer gelächelt und wie er auf seine ausgestreckten Hände geblickt hat bei jenen fürchterlichen Worten. Meine Mutter, die gerade Teig geknetet hatte, ließ Mehl, das Wasser und das halbausgelaufene Ei auf dem Küchentisch, schlug das Kreuz, faltete dann die Hände über ihrer blauen Schürze, trat nahe an den Besuch heran und fragte: „Sie haben Ihre Arina erwürgt?“ „Ja“, bestätigte der Bauer. „Aber warum denn, um Gottes willen?“ „Weil sie Unzucht getrieben hat mit Ihrem Mann, dem Förster Semjon Golubtschik. Heißt er nicht so, Ihr Förster?“ Der Bauer sprach auch all das mit einem Lächeln, mit einem versteckten Lächeln, das hinter seinen Worten gleichsam hervorblinkte wie manchmal der Mond hinter finsteren Wolken. „Ich bin schuld daran“, sagte meine Mutter. Ich höre es noch, als ob sie es erst gestern gesprochen hätte. Ich habe ihre Worte behalten. (Damals aber verstand ich sie nicht.) Sie bekreuzigte sich noch einmal. Sie nahm mich bei der Hand. Sie ließ den Bauern in unserer Stube und ging mit mir durch den Wald, immerfort den Namen Golubtschik rufend. Nichts meldete sich. Wir kehrten ins Haus zurück, und der Bauer saß immer noch dort. „Wollen Sie Grütze?“ fragte meine Mutter, als wir zu essen begannen. „Nein!“ sagte lächelnd und höflich unser Gast, „aber wenn Sie zufällig einen Samogonka im Hause haben – wäre ich nicht abgeneigt.“ Meine Mutter schenkte ihm von unserem Selbstgebrannten ein, er trank, und ich erinnere mich genau, wie er den Kopf zurückwarf und wie an seinem von Borsten bewachsenen, zurückgeworfenen Hals gleichsam von außen zu sehen war, daß der Schnaps durch die Kehle rann. Er trank und trank und blieb sitzen. Endlich, die Sonne ging schon unter, es mag ein früher Herbsttag gewesen sein, kam mein Vater zurück. „Ach, Pantalejmon!“ sagte er. Der Bauer erhob sich und sagte ganz ruhig: „Komm gefälligst hinaus!“ „Warum?“ fragte der Förster. „Ich habe eben“, antwortete immer noch ganz ruhig der Bauer, „Arina erschlagen.“

Der Förster Golubtschik ging sofort hinaus. Sie blieben lange draußen. Was sie da gesprochen haben, weiß ich nicht. Ich weiß nur, daß sie lange draußen blieben. Es mochte wohl eine Stunde sein. Meine Mutter lag auf den Knien vor dem Heiligenbild in der Küche. Man hörte keinen Laut. Die Nacht war hereingebrochen. Meine Mutter zündete kein Licht an. Das dunkelrote Lämpchen unter dem Heiligenbild war das einzige Licht in der Stube, und niemals bis zu dieser Stunde hatte ich mich davor gefürchtet. Jetzt aber fürchtete ich mich. Meine Mutter lag die ganze Zeit auf den

Knien und betete, und mein Vater kam nicht. Ich hockte neben dem Ofen. Endlich, es mochten drei oder mehr Stunden vergangen sein, hörte ich Schritte und viele Stimmen vor unserem Haus. Man brachte meinen Vater. Vier Männer trugen ihn. Der Förster Golubtschik muß ein ansehnliches Gewicht gehabt haben. Er blutete an allen Ecken und Enden, wenn man so sagen darf. Wahrscheinlich hatte ihn der Vater seiner Geliebten so zugerichtet.

Nun, ich will es kurz machen. Der Förster Golubtschik hat sich niemals mehr von diesen Schlägen erholt. Er konnte seinen Beruf nicht mehr ausüben. Er starb ein paar Wochen später, und man begrub ihn an einem eisigen Wintertag, und ich erinnere mich noch genau, wie die Totengräber, die ihn holen kamen, dicke, wollene Fäustlinge trugen und dennoch mit beiden Händen um sich schlagen mußten, damit es ihnen wärmer werde. Man lud meinen Vater Golubtschik auf einen Schlitten. Meine Mutter und ich, wir saßen auch in einem Schlitten, und während der Fahrt sprühte mir der helle Frost mit hunderttausend köstlichen, kristallenen Nadeln ins Gesicht. Eigentlich war ich froh. Dieses Begräbnis meines Vaters gehört eher zu den heiteren Erinnerungen meiner Kindheit.

Passons! – wie man in Frankreich sagt. Es dauerte nicht lange, und ich kam in die Schule. Und aufgeweckt, wie ich war, erfuhr ich bald, daß ich der Sohn Krapotkins war. Ich bemerkte es an dem Benehmen des Lehrers und einmal im Frühling an einem denkwürdigen Tage, an dem Krapotkin selber kam, unser Gut zu visitieren. Man schmückte das Dorf Woroniaki. Man hängte Girlanden an beiden Enden der Dorfstraße auf. Man stellte sogar eine Musikkapelle zusammen aus lauter Bläsern, und dazwischen gab es auch Sänger. Man übte eine Woche vorher, unter der Anleitung unseres Lehrers. Aber in dieser Woche ließ mich meine Mutter nicht in die Schule gehn, und nur unter der Hand gewissermaßen erfuhr ich von all den Vorbereitungen. Eines Tages kam Krapotkin wirklich. Und zwar direkt zu uns. Er ließ die Dorfstraße mit Girlanden eine Dorfstraße mit Girlanden sein und die Musiker Musikanten und die Sänger Sänger, und er kam directement in unser Haus. Er hatte einen schönen dunklen und etwas angesilberten Knebelbart, roch nach Zigarren, und seine Hände waren sehr lang, sehr mager, sehr trocken, dürr sogar. Er streichelte mich, fragte mich aus, drehte mich ein paarmal herum, betrachtete meine Hände, meine Ohren, meine Augen, meine Haare. Dann sagte er, meine Ohren wären schmutzig und meine Fingernägel auch. Er zog ein elfenbeinernes Taschenmesser aus der Westentasche, schnitzte mir in zwei, drei Minuten aus einem ganz gewöhnlichen Holzbrett einen Mann mit Bart und langen Armen (später hörte ich, daß er ein sogenannter „Kunstschnitzer" gewesen sei), dann sprach er noch leise mit meiner Mutter, und dann verließ er uns.

Seit diesen Tagen, meine Freunde, wußte ich natürlich ganz genau, daß ich nicht der Sohn Golubtschiks, sondern Krapotkins war. Natürlich tat es mir sehr leid, daß der Fürst verschmäht hatte, die geschmückte Dorfstraße zu passieren, die Musik und die Lieder zu hören. Am besten, so stellte ich mir vor, wäre es wohl gewesen, wenn er in einer großartigen Kalesche, an meiner Seite, von vier schneeweißen Schimmeln gezogen, ins Dorf gekommen wäre. Ich selbst wäre bei dieser Gelegenheit als der rechtmäßige, sozusagen gottgewollte Nachkomme des Fürsten von allen anerkannt worden, vom Lehrer, von den Bauern, von den Knechten, sogar von der Obrigkeit, und die Lieder und die Musik und die Girlanden hätten eher mir als meinem Vater gegolten.

Ja, meine Freunde, so war ich damals: anmaßend, eitel, von einer uferlosen Phantasie bedrängt und sehr egoistisch. An meine Mutter dachte ich bei dieser Gelegenheit nicht im geringsten. Zwar begriff ich schon einigermaßen, daß es eine Art Schande war, wenn eine Frau ein Kind von einem andern als von ihrem angetrauten Mann bekam. Wichtig aber war nicht die Schande meiner Mutter und auch nicht meine eigene. Im Gegenteil: Es freute mich, und ich bildete mir viel darauf ein, daß ich nicht nur sozusagen von Geburt an ein besonderes Zeichen mit mir herumtrug, sondern auch, daß ich der leibliche Sohn unseres Fürsten war. Und nun aber, nachdem es so zweifellos und klar wie der Tag geworden war, ärgerte mich der Name Golubtschik nur noch mehr, und besonders, weil alle ihn so höhnisch aussprachen, seit dem Tode des Försters und seitdem der Fürst bei meiner Mutter gewesen war. Sie sprachen alle meinen Namen mit einem ganz besonderen Unterton aus, so als wäre es gar kein ehrlicher, gesetzlicher Name, sondern ein Spitzname. Und das ärgerte mich um so mehr, als ich ja selbst diesen lächerlichen und für mich gar nicht passenden Namen Golubtschik schon immer als einen Spott- und Spitznamen empfunden hatte, auch noch in den Zeiten, in denen man ihn gewissermaßen mit harmloser Ehrlichkeit auszusprechen pflegte. So wechselten also in meinem jungen Herzen damals die Gefühle in jäher Schnelligkeit, ich fühlte mich gedemütigt, ja erniedrigt und gleich darauf – oder besser: zugleich – wieder erhaben und hochmütig, und manchmal drängten sich alle diese Gefühle gleichzeitig in mir zusammen und kämpften gegeneinander, grausame Ungeheuer, meine Freunde, grausam in einer kleinen Knabenbrust.

Es war deutlich zu spüren, daß der Fürst Krapotkin seine starke, gnädige Hand über mir hielt. Zum Unterschied von allen anderen Knaben unseres Dorfes kam ich nach W. ins Gymnasium, im elften Jahre meines Lebens. An allerhand Anzeichen konnte ich bald bemerken, daß den Lehrern auch hier das Geheimnis meiner Geburt bekannt war, und ich freute mich nicht wenig darüber. Aber ich hörte auch nicht auf, mich über meinen unsinnigen Namen zu ärgern. Ich schoß schnell in die Höhe, ich wuchs fast ebensoschnell in die Breite, und ich hieß immer noch Golubtschik.

Je älter ich wurde, desto mehr kränkte ich mich darüber. Ich war ein Krapotkin, und ich hatte, zum Teufel, das Recht, mich Krapotkin zu nennen. Ich wollte noch ein bißchen warten. Ein Jahr vielleicht. Vielleicht überlegte es sich der Fürst in der Zwischenzeit und kam eines Tages herüber und verlieh mir, am liebsten vor den Augen aller Menschen, die mich kannten, seinen Namen, seinen Titel und alle seine märchenhaften Besitztümer. Ich wollte ihm keine Schande machen.

Ich lernte gut und mit Ausdauer. Man war mit mir zufrieden. Und all das, meine Freunde, war doch keine echte Sache, es war doch nur teuflische Eitelkeit, die mich trieb, und nichts weiter. Bald sollte sie noch stärker in mir zu wirken anfangen. Bald begann ich mit meiner ersten, zwar noch nicht schändlichen Handlung, Sie sollen es sogleich hören.

Ich hatte mir also vorgenommen, ein ganzes Jahr zu warten, obwohl ich mir kurz nach diesem Entschluß vorzuhalten begann, daß ein ganzes Jahr eine viel zu lange Zeit wäre. Ich versuchte bald, mir selbst ein paar Monate abzuhandeln, denn die Ungeduld plagte mich sehr. Doch sagte ich mir zu gleicher Zeit, daß es eines Mannes, der entschlossen sei, sehr hoch emporzukommen – für einen solchen Mann hielt ich mich damals, meine Freunde –, daß es seiner unwürdig sei, ungeduldig zu werden und von seinen Entschlüssen abzuweichen. Auch fand ich bald eine Hilfe für meine Standhaftigkeit in der abergläubischen Überzeugung, daß der Fürst auf eine geheimnisvolle, geradezu magische Weise schon längst gefühlt haben müßte, was ich von ihm forderte. Denn ich bildete mir zuweilen ein, daß ich magische Kräfte besäße und daß ich überdies auf eine natürliche Weise mit ihm als mit meinem leiblichen Vater selbst über viele tausend Werst hinweg ständig verbunden wäre. Diese Einbildung beruhigte mich und bändigte zeitweilig meine Ungeduld. Als aber das Jahr verstrichen war, hielt ich mich für doppelt berechtigt, den Fürsten an seine Pflichten gegen mich zu mahnen. Denn daß ich ein ganzes Jahr ausgeharrt hatte, rechnete ich mir natürlich nicht gerade als ein geringes Verdienst an. Bald ereignete sich außerdem etwas, was mir den klaren Beweis dafür zu liefern schien, daß die Vorsehung selbst mein Vorhaben billigte. Es war kurz nach Ostern und schon recht voller Frühling. In dieser Jahreszeit fühlte ich immer – und noch heute fühle ich in den Frühlingsmonaten – eine frische Kraft im Herzen und in den Muskeln und eine ganz große unberechtigte und törichte Überzeugung, daß mir alles Unmögliche gelingen müsse. Nun ereignete sich der merkwürdige Zufall, daß ich eines Tages in der Pension, in der ich untergebracht war, der Zeuge eines Gesprächs wurde, das zwischen meinem Wirt und einem fremden Mann, den ich nicht sehen konnte, im Nebenzimmer geführt wurde. Ich hätte damals viel darum gegeben, den Mann zu sehen und selbst mit ihm zu sprechen. Ich durfte aber meine Anwesenheit nicht verraten. Offenbar hatte man geglaubt, ich sei nicht zu Hause beziehungsweise nicht in meinem Zimmer. Man hätte in der Tat auch nicht vermuten können, daß ich um diese Stunde zu Hause sei, und ich war nur zufällig in mein Zimmer gekommen. Mein Wirt, ein Postbeamter, unterhielt sich mit dem Fremden im Korridor ziemlich laut. Nach den ersten paar Worten, die ich vernahm, begriff ich sofort, daß der Fremde jener Beauftragte des Fürsten sein mußte, der jeden Monat für mich Kost, Quartier und Kleidung bezahlte. Offenbar hatte mein Wirt eine Preiserhöhung verlangt, und der Beauftragte des Fürsten wollte sie nicht anerkennen. „Aber ich sage Ihnen doch“, hörte ich den Fremden sprechen, „daß ich ihn vor einem Monat nicht erreichen kann. Er ist in Odessa. Dort bleibt er sechs oder acht Wochen. Er will nicht gestört sein. Er öffnet keinen Brief. Er lebt da ganz abgeschlossen. Er schaut den ganzen Tag aufs Meer und kümmert sich um gar nichts. Ich wiederhole Ihnen: Ich kann ihn nicht erreichen.“

„Wie lange soll ich also warten, mein Lieber?“ sprach mein Wirt. „Seitdem er hier lebt, hab' ich sechsunddreißig Rubel ausgegeben, Extraspesen, einmal war er krank, sechsmal war der Arzt hier. Ich hab's nicht ersetzt bekommen.“ – Ich wußte – nebenbei gesagt –, daß mein Wirt log. Ich war niemals krank gewesen. Aber darauf achtete ich damals natürlich nicht. Mich regte die belanglose Tatsache, daß Krapotkin in Odessa lebte, in einem abgeschlossenen Haus am Meere, ungeheuer auf. Ein großer Sturm erhob sich in meinem Herzen. Das Meer, das abgeschlossene Haus, die Laune des Fürsten, sechs oder gar acht Wochen nichts von der Welt zur Kenntnis zu nehmen: all das beleidigte mich schwer. Es war, als hätte sich der Fürst zurückgezogen, nur, um von mir nichts mehr zu hören und als fürchtete er mich und nur mich auf dieser Welt.

So ist es also, sagte ich mir. Der Fürst hat auf dem magischen Wege meinen Entschluß vor einem Jahr vernommen. Er hat, aus begreiflicher Schwäche, nichts getan. Und nun, da das Jahr zu Ende geht, hat er Angst vor mir und verbirgt sich. Ich muß immerhin, damit Sie mich ganz kennenlernen, hinzufügen, daß ich sogar einer leisen Anwandlung von Großmut gegen den Fürsten damals fähig war. Denn er begann mir bald leid zu tun. Ich war geneigt, ihm seine Flucht vor mir als eine verzeihliche Schwäche auszulegen. So dreist überschätzte ich damals meine Kraft. War mein ganzer törichter Plan, den Fürsten zu zwingen, eine lächerliche

Überheblichkeit, so war die kindische Großmut, mit der ich ihm seine angeblichen Schwächen verzeihen wollte, schon krankhaft zu nennen, wie die Ärzte sagen würden: ein „psychotischer Zustand".

Eine Stunde, nachdem ich das früher erwähnte Gespräch belauscht hatte, fuhr ich zu meiner Mutter, mit dem letzten Rest des Geldes, das ich mir durch Stundengeben verdient hatte. Ich hatte sie Weihnachten zuletzt gesehen. Als ich sie jetzt wiedersah – sie erschrak übrigens, weil ich so plötzlich ins Haus fiel –, erkannte ich sofort, daß sie krank und sehr gealtert aussah. Im Laufe der wenigen Monate, in denen ich sie nicht gesehen hatte, waren ihre Haare grau geworden. Das erschreckte mich. Zum erstenmal sah ich deutlich an dem nächsten Menschen, den ich auf der Welt besaß, die Zeichen des unerbittlichen Alters. Und weil ich noch jung war, bedeutete mir das Alter nichts anderes als den Tod. Ja, der Tod war schon mit seinen grausigen Händen über den Scheitel meiner Mutter gefahren – nun waren ihre Haare welk und silbern. Sie wird also bald sterben, dachte ich ehrlich erschüttert. Und schuld daran, dachte ich weiter, ist der Fürst Krapotkin. Denn es lag mir begreiflicherweise daran, den Fürsten noch schuldiger zu machen, als er ohnehin in meinen Augen schon war. Je schuldiger er wurde, desto richtiger und berechtigter erschien mein Unternehmen.

Ich sagte also meiner Mutter, ich sei nur für ein paar Stunden gekommen, in einer höchst merkwürdigen und geheimen Angelegenheit. Ich müsse morgen nach Odessa. Nichts Geringeres sei passiert als die Tatsache, daß mich der Fürst rufen ließ. Mir die Botschaft zu überbringen, sei gestern jener Mann zu meinem Wirt gekommen, der Beauftragte des Fürsten. Sie, meine Mutter, sei der einzige Mensch, zu dem ich ein Wort davon verrate. Sie möge also schweigen, betonte ich dumm und wichtig. Ich ließ durchblicken, daß der Fürst vielleicht krank und im Sterben liege.

Kaum aber hatte ich diese lügenhafte Andeutung gemacht, als meine Mutter, die alles ruhig angehört hatte, kauernd auf der hölzernen Schwelle unseres Hauses, sofort aufsprang. Ihr Angesicht füllte sich mit Blut, Tränen rannen über ihre Wangen, sie breitete zuerst die Arme aus und schlug dann die Hände zusammen. Ich sah, daß ich sie erschreckt hatte, begann zu ahnen, was sie jetzt sagen würde, und erschrak selbst ungeheuerlich. „Dann muß ich gleich mit dir!“ sagte sie. „Komm, komm, schnell, schnell, er darf nicht sterben, er darf nicht sterben, ich muß ihn sehn, ich muß ihn sehn!“ So groß, so erhaben, möchte ich sagen, war die Liebe dieser einfachen Frau, die meine Mutter war. Viele Jahre waren vergangen, seitdem sie den letzten Kuß ihres Geliebten gespürt hatte, aber auf ihrem Leib fühlte sie den Kuß noch so lebendig, als hätte sie ihn gestern empfangen. Der Tod selbst hatte sie schon gestreichelt, aber selbst die Berührung des Todes konnte die Berührungen des Geliebten nicht verwischen und nicht vergessen machen. „Hat er dir geschrieben?“ fragte meine Mutter. „Beruhige dich!“ sagte ich. Und da meine Mutter nicht lesen und schreiben konnte, erlaubte ich mir noch eine schändlichere Lüge: „Er hat mir mit eigener Hand ein paar Zeilen geschrieben, es kann ihm also so schlecht nicht gehen!“ sagte ich.

Sie beruhigte sich im Augenblick. Sie küßte mich. Und ich schämte mich nicht, ihren Kuß zu empfangen. Sie gab mir zwanzig Rubel, ein ziemlich schweres Häuflein Silber in einem blauen Taschentuch. Das steckte ich mir ins Hemd, über den Gürtel.

Ich fuhr schnurstracks nach Odessa.

Ja, meine Freunde, ich fuhr nach Odessa, ich hatte ein reines Gewissen, ich empfand keine Reue, ich hatte mein Ziel vor Augen, und nichts sollte mich aufhalten. Es war ein strahlender Frühlingstag, als ich ankam. Zum erstenmal sah ich eine große Stadt. Es war keine gewöhnliche russische große Stadt, sondern erstens ein Hafen; und zweitens waren die meisten Straßen und Anlagen, wie ich bereits gehört hatte, ganz nach europäischem Muster angelegt. Vielleicht war Odessa mit Petersburg, jenem Petersburg, das ich in meiner Vorstellung trug, nicht zu vergleichen. Aber auch Odessa war eine große, eine riesengroße Stadt. Sie lag am Meer. Sie hatte einen Hafen. Und sie war eben die erste Stadt, in die ich ganz allein, aus eigenem Willen gereist war, die erste wunderbare Station auf meinem wunderbaren Weg „nach oben“.

Ich tastete, als ich den Bahnhof verließ, nach meinem Geld unter dem Hemd. Es war noch vorhanden. Ich nahm ein Zimmer in einem kleinen Gasthaus, in der Nähe des Hafens. Es war meiner Meinung nach nötig, möglichst nahe vom Fürsten zu wohnen. Da er, wie ich gehört hatte, in einem Hause „am Meer“ wohnte, stellte ich mir vor, es liege auch in der Nähe des Hafens. Ich zweifelte keinen Augenblick daran, daß mich der Fürst, sobald er nur erfahren haben würde, daß ich gekommen sei, nötigen müßte, bei ihm zu wohnen. Und dann hätte ich es nicht weit gehabt. Ich brannte vor Neugier, die Lage seines geheimnisvollen Hauses zu erfahren. Ich nahm an, daß alle Leute in Odessa wissen müßten, wo der Fürst wohnte. Aber ich wagte nicht, den Wirt meines Gasthofes zu fragen. Es war Angst, die mich hinderte, so offen Erkundigungen einzuholen, aber auch eine Art Wichtigtuerei. Schon kam ich mir selbst wie ein Fürst Krapotkin vor, und ich freute mich an der Vorstellung, daß ich sozusagen inkognito in einem viel zu billigen Hotel unter dem lächerlichen Namen Golubtschik abgestiegen sei. Ich beschloß, mich lieber beim nächsten Polizisten zu erkundigen.

Zuerst aber ging ich zum Hafen. Ich schlenderte langsam durch die lebendigen Straßen der großen Stadt, verweilte vor allen Schaufenstern, besonders vor jenen, in denen Fahrräder und Messer ausgelegt waren, und machte verschiedene Einkaufspläne. Morgen oder übermorgen konnte ich mir ja alles kaufen, was mir gefiel, sogar eine ganz neue Gymnasiasten-Uniform. So dauerte es lange, bis ich an den Hafen kam. Das Meer war tiefblau, hundertmal blauer als der Himmel und eigentlich auch schöner, weil man mit den Händen hineingreifen konnte. Und wie die unerreichbaren Wolken über den Himmel schwammen, so fuhren die schneeweißen großen und kleinen Schiffe, auch sie greifbar, über das nahe Meer. Ein großes, ein unbeschreibliches Entzücken erfüllte mein Herz, und ich vergaß sogar den Fürsten für eine Stunde. Manche Schiffe warteten im Hafen und schaukelten sachte, und wenn ich nahe herantrat, hörte ich den zärtlichen, unermüdlichen Anschlag des blauen Wassers an weißes, weiches Holz und schwarzes, hartes Eisen. Ich sah die Kräne wie große, eiserne Vögel durch die Luft schweben und ihre Lasten ausspeien in wartende Schiffe, aus weitgeöffneten, eisernen braunschwarzen Rachen. Jeder von Ihnen, meine Freunde, weiß, wie es ist, wenn man zum erstenmal in seinem Leben das Meer und den Hafen erblickt. Ich will euch nicht mit näheren Schilderungen aufhalten.

Nach einiger Zeit verspürte ich Hunger und ging in eine Konditorei. Ich war in einem Alter, in dem man, wenn man hungrig wird, nicht in ein Gasthaus, sondern in eine Konditorei geht. Ich aß mich satt. Ich glaube, daß ich damals Aufsehen mit meiner Genäschigkeit erregt habe. Ich fraß ein Zuckerwerk nach dem andern, ich hatte ja Geld in der Tasche, trank zwei Tassen stark gezuckerter Schokolade und wollte mich gerade entfernen, als plötzlich ein Herr an mein Tischchen trat und mir irgend etwas sagte, was ich nicht sofort verstand. Ich glaube, ich bin damals im ersten Augenblick sehr erschrocken gewesen. Erst als der Mann weitersprach, begann ich ziemlich langsam zu verstehen. Er sprach übrigens mit einem fremden Akzent. Ich merkte sofort, daß er kein Russe war, und diese Tatsache allein verdrängte meinen ersten Schrecken und weckte in mir eine Art Stolz. Ich weiß nicht recht, warum. Es scheint mir aber, daß wir Russen uns oft geschmeichelt fühlen, wenn wir Gelegenheit haben, mit einem Ausländer zu verkehren. Und zwar verstehen wir unter „Ausländer" Europäer, jene Menschen also, die viel mehr Verstand haben dürften als wir, obwohl sie viel weniger wert sind. Es kommt uns zuweilen vor, daß Gott die Europäer begnadet hat, obwohl sie nicht an ihn glauben. Vielleicht aber glauben sie einfach deshalb nicht an Ihn, weil Er ihnen soviel geschenkt hat. Und also werden sie übermütig und glauben, sie hätten selbst die Welt erschaffen, und sind obendrein noch mit ihr unzufrieden, obwohl sie ja selbst, ihrer Meinung nach, die Verantwortung dafür haben. Siehst du – dachte ich bei mir – während ich den Ausländer betrachtete – es muß etwas Besonderes an dir sein, wenn dich ein Europäer so mir nichts, dir nichts anspricht. Er ist viel älter, vielleicht zehn Jahre älter als du. Wir wollen ihm höflich begegnen. Wir wollen ihm zeigen, daß wir ein gebildeter russischer Gymnasiast sind und kein gewöhnlicher Bauer ...

Ich betrachtete mir also den Fremden: Er war, was man so einen „Stutzer“ nennt. Er hielt ein ganz weiches, feines Panama-Strohhütchen in der Hand, eines, wie es gewiß in ganz Rußland nicht zu kaufen war, und ein gelbes Rohrstöckchen mit silbernem Knauf. Er trug ein gelbliches Röckchen aus russischer Rohseide, eine weiße Hose mit zarten blauen Streifen und gelbe Knopfstiefel. Und statt eines Gürtels schlang sich um sein zartes Bäuchlein eine halbe, ja weniger: eine Viertelweste aus weißem, geripptem Stoff, zusammengehalten von drei wundervollen, schillernden Perlmuttknöpfchen. Außerordentlich wirkte seine geflochtene goldene Uhrkette mit großem Karabiner in der Mitte und vielen zierlichen Anhängseln, einem Revolverchen, einem Messerchen, einem Zahnstocher und einem niedlichen, winzigen Kuhglöckchen; alles aus purem Gold. Auch an das Angesicht des Mannes erinnere ich mich ganz genau. Er hatte pechschwarze, in der Mitte gescheitelte Haare, sehr dicht, eine kurze, knappe Stirn und ein winziges Schnurrbärtchen, aufwärtsgezwirbelt, so daß die Endchen direkt in die Nasenlöcher krochen. Die Hautfarbe war eine blasse, bleiche, was man so eine „interessante“ nennt. Das ganze Männchen kam mir damals sehr nobel vor, ein zierliches Herrchen aus europäischen Regionen. Wahrscheinlich, sagte ich mir, hätte er so einen gewöhnlichen Russen, wie sie hier in der Konditorei herumsitzen, gar nicht angesprochen. An mir aber sieht er sofort mit dem Kennerblick des Europäers, daß ich was Besonders bin, ein noch namenloser, aber echter Fürst, kein Zweifel.

„Ich sehe“, sagte das fremde Herrchen, „daß Sie hier in Odessa fremd sind, mein Herr! Ich bin es auch. Ich bin nicht aus Rußland. Wir sind also in einem gewissen Sinne Genossen, Schicksalsgenossen!“

„Ich bin erst heute gekommen“, sagte ich.

„Und ich vor einer Woche!“

„Woher kommen Sie?“ fragte ich.

„Ich bin Ungar, ich komme aus Budapest“, antwortete er, „gestatten Sie, daß ich mich vorstelle: Ich heiße Lakatos, Jenö Lakatos.“

„Sie sprechen aber ganz gut Russisch!“

„Gelernt, gelernt, lieber Freund!" sagte der Ungar und pochte dabei mit dem Knauf seines Rohrstäbchens auf meine Schulter. „Wir Ungarn haben ein großes Sprachtalent!"

Es war mir unangenehm, sein Stäbchen auf meiner Schulter zu fühlen, ich schüttelte es ab, er entschuldigte sich und lächelte, und man sah dabei seine glänzenden, weißen und etwas gefährlichen Zähne und noch ein Stückchen vom roten Zahnfleisch darüber. Seine schwarzen Augen blitzten. Ich hatte noch nie einen Ungarn gesehn, wohl aber mir eine genaue Vorstellung von ihnen gemacht nach all dem, was ich aus der Geschichte von ihnen wußte. Ich kann nicht sagen, daß es geeignet war, in mir irgendeinen Respekt vor diesem Volk zu wecken, das meiner Meinung nach noch weniger europäisch war als wir. Es waren Tataren, die sich nach Europa hineingestohlen hatten und dort sitzengeblieben waren. Sie waren Untertanen des Kaisers von Österreich, der sie so wenig schätzte, daß er uns Russen zu Hilfe gerufen hatte, als sie einst rebellierten. Unser Zar hatte dem österreichischen Kaiser geholfen, die rebellischen Ungarn zu unterdrücken. Und vielleicht hätte ich mich mit diesem Herrn Lakatos auch nicht näher eingelassen, wenn er nicht plötzlich etwas Überraschendes, mir unwahrscheinlich Imponierendes begonnen hätte. Er zog nämlich aus dem linken Täschchen seiner gerippten Viertelweste ein flaches, kleines Flakönchen, bespritzte sich die Rockklappen, die Hände und die breite, blaue, weißpunktierte Krawatte, und sofort erhob sich ein süßer Duft, der mich fast betäubte. Es waren, wie ich damals wähnte, geradezu himmlische Wohlgerüche. Ich konnte ihnen nicht widerstehen. Und als er mir sagte, wir sollten zusammen Nachtmahl essen gehn, erhob ich mich sofort und gehorchte.

Merken Sie daran, meine Freunde, wie grausam Gott mit mir umging, als er mir diesen parfümierten Lakatos auf die erste Kreuzung stellte, die ich auf meinem Weg zu passieren hatte. Ohne diese Begegnung wäre mein Leben ein ganz anderes geworden.

Lakatos aber führte mich geradewegs in die Hölle. Er parfümierte sie sogar. Wir gingen also, der Herr Lakatos und ich. Erst als wir längere Zeit kreuz und quer durch die Straßen gegangen waren, bemerkte ich auf einmal, daß mein Begleiter hinkte. Er hinkte nur leicht, es war kaum zu sehen, es war eigentlich kein Hinken, sondern eher, als zeichnete der linke Fuß eine kleine Schleife, ein Ornament, auf das Pflaster. Niemals seither habe ich solch ein graziöses Hinken gesehn, es war kein Gebrechen, eher eine Vollkommenheit, ein Kunststück – und gerade diese Tatsache erschreckte mich sehr. Ich war damals, müßt ihr wissen, ungläubig und außerdem auch noch unermeßlich stolz auf meine Ungläubigkeit. Es schien mir, daß ich sehr gescheit sei, weil ich, trotz meinen jungen Jahren, bereits zu wissen glaubte, daß der Himmel aus blauer Luft bestehe und keine Engel und keinen Gott enthalte. Und obwohl ich das Bedürfnis hatte, an Gott und an die Engel zu glauben, und obwohl es mir in Wirklichkeit sehr leid tat, daß ich im ganzen Himmel nur blaue Luft sehen mußte und in allen Ereignissen auf Erden lauter blinde Zufälle, konnte ich doch auf mein hochmütiges Wissen nicht verzichten und nicht auf den Stolz, den es mir verlieh; dermaßen, daß ich, trotz meiner Sehnsucht, Gott anzubeten, dennoch gezwungen war, mich gleichsam selbst anzubeten. Als ich aber dieses graziöse, ja einschmeichelnde und liebenswürdige Hinken meines Genossen bemerkte, glaubte ich, im Nu zu fühlen, daß es ein Abgesandter der Hölle war, kein Mensch, kein Ungar, kein Lakatos, und ich erkannte auf einmal, daß meine Ungläubigkeit keine vollkommene war und daß jene Torheit, die ich damals meine „Weltanschauung" nannte, sozusagen Lücken besaß. Denn hatte ich auch aufgehört, an Gott zu glauben, so waren die Furcht vor dem Teufel und der Glaube an ihn doch ganz lebendig und groß in mir geblieben. Und hatte ich auch vermocht, die sieben Himmel leerzufegen, so konnte ich doch die Hölle nicht von all ihren Schrecken säubern. Es war kein Zweifel, daß Lakatos hinkte, und ich gab mir zuerst alle Mühe, mir diese Tatsache auszureden, meinen eigenen Augen abzuleugnen, was sie so deutlich sahen. Hierauf sagte ich mir, daß auch Menschen selbstverständlich hinken können, ich erinnerte mich an alle Hinkenden, die ich kannte, an unseren Postboten Wassilij Kolohin zum Beispiel, an den Holzhacker Nikita Melaniuk und an den Schankwirt von Woroniaki, Stefan Olepszuk. Aber je deutlicher ich mir die bekannten Hinkenden ins Gedächtnis rief, desto deutlicher wurde auch der Unterschied zwischen ihrem Gebrechen und dem meines neuen Freundes. Manchmal, wenn ich glaubte, er könne es nicht bemerken und nicht übelnehmen, blieb ich unauffällig zwei, drei Schritte hinter ihm zurück und beobachtete ihn. Nein, es war kein Zweifel, er hinkte wirklich. Von hinten gesehen, war sein Gang noch merkwürdiger, seltsamer, zauberischer beinahe, es war, als zeichnete er mit dem linken Fuß wirklich unsichtbare, runde, kreisartige Zeichen auf den Boden, und sein linker gelber, spitzer und äußerst eleganter Knöpfelschuh schien mir plötzlich – aber nur sekundenlang – um ein bedeutendes länger zu sein als der rechte. Schließlich hielt ich es nicht aus, und um mir selbst zu beweisen, daß ich wieder einen sogenannten „Rückfall“ in meinen alten „Aberglauben“ erlitten hatte, beschloß ich, den Herrn Lakatos zu fragen, ob er wirklich hinke. Ich ging aber sehr vorsichtig zu Werke, überlegte die Frage ein paarmal und sagte schließlich: „Haben Sie sich den linken Fuß verletzt, oder drückt Sie der Stiefel? Es scheint mir nämlich, daß Sie hinken.“ Lakatos blieb stehen, hielt mich am Ärmel fest, damit auch ich stehenbleibe, und sagte: „Daß Sie das erkannt haben! Ich muß schon sagen, junger Freund, ein Aug' haben Sie wie ein Adler! Nein! Wirklich! Sie haben ein merkwürdig gutes Auge! Bisher haben's nur wenige bemerkt. Aber ich kann's Ihnen ja sagen. Wir kennen uns nicht lange, aber ich fühle mich schon ganz als Ihr alter Freund, ein älterer Bruder, könnte man sagen. Also ich habe mir den Fuß nicht verletzt, und mein Stiefel paßt auch ganz ausgezeichnet. Aber ich bin so geboren, ich hinke, seitdem ich gehe, und mit den Jahren habe ich angefangen, sogar eine Art eleganter Kunst aus meinem Gebrechen zu machen. Ich habe reiten und fechten gelernt, ich spiele Tennis, ich mache Hoch- und Weitsprünge mit Leichtigkeit, ich kann stundenlang wandern und sogar auf Berge steigen. Auch schwimmen und radfahren verstehe ich auf das beste. Wissen Sie, lieber Freund, niemals ist die Natur gütiger, als wenn sie uns ein kleines Gebrechen beschert. Wenn ich tadellos zur Welt gekommen wäre, hätte ich wahrscheinlich gar nichts gelernt.“

Während Lakatos all dies sagte, hielt er mich, wie erwähnt, am Ärmel fest. Er stand an eine Häuserwand gelehnt, ich ihm gegenüber, fast mitten auf dem ziemlich schmalen Bürgersteig. Es war ein heller, fröhlicher

Abend, die Menschen gingen lässig und frohgemut an uns vorbei, die abendliche Sonne vergoldete ihre Gesichter, alle Welt erschien mir anmutig und selig, nur ich war's nicht, und zwar deshalb nicht, weil ich mit Lakatos zusammenbleiben mußte. Zuweilen glaubte ich, ich müßte ihn im nächsten Augenblick verlassen, und es war mir doch so, als hielte er mich nicht nur am Ärmel fest, sondern gewissermaßen auch an der Seele; als hätte er einen Zipfel meiner Seele erwischt und ließe ihn nicht mehr los. Ich konnte damals weder reiten noch radfahren, und auf einmal schien es mir sehr schändlich, daß ich beides nicht konnte, obwohl ich doch kein Krüppel war. Nur eben: Golubtschik hieß ich, das war schlimmer als ein Krüppel sein, für mich, der ich doch eigentlich ein Krapotkin war und das Recht hatte, auf den edelsten Rossen der Welt zu reiten und, wie man zu sagen pflegt, in allen Sätteln gerecht zu sein. Daß aber dieser Ungar, dieser Herr Lakatos, alle edlen und adligen Sportarten beherrschte, obwohl er doch als ein Hinkender geboren war, daß er nicht einmal Golubtschik hieß und keinesfalls der Sohn eines Fürsten war, beschämte mich ganz besonders. Dazu kam, daß ich, der ich immer schon meinen lächerlichen Namen wie ein Gebrechen getragen hatte, auf einmal zu glauben begann, gerade dieser Name sei imstande, aus mir ebenso einen Allerweltskerl zu machen, wie der lahme Fuß des Herrn Lakatos ihm verholfen hatte, alle edlen und adligen Sportarten zu beherrschen. – Ihr seht, meine Freunde, wie der Teufel arbeitet ...

Damals aber sah ich es nicht, ich ahnte es nur, aber es war schon mehr als eine Ahnung. Es war etwas zwischen einer Ahnung und einer Gewißheit. Wir gingen weiter. „Jetzt wollen wir essen“, sagte Lakatos, „und dann kommen Sie zu mir, in mein Hotel. Es ist angenehm, wenn man in einer wildfremden Stadt etwas Nahes neben sich weiß, etwas Nahes, einen guten Freund, einen jüngeren Bruder.“

Gut, wir gingen also essen. Wir gingen in die „Tschornaja“ – und, ja, wißt ihr, wohin, meine Freunde?“

Hier machte Golubtschik eine Pause. Er sah den Wirt an. Der Wirt sah mit seinen stark hervorquellenden, hellen Augen auf den Erzähler. Bei dem Wort „Tschornaja“ war es, als entzündete sich in den Augen des

Wirtes ein besonderes Licht, ein ganz besonderes. „Ja, die Tschornaja“, sagte er. „Eben die Tschornaja“, fing Golubtschik wieder an. „Dort gab es um jene Zeit ein Restaurant, das hieß genauso wie dieses hier, in dem wir jetzt sitzen, nämlich: „Tari-Bari“ – und der Wirt ist derselbe.“

Der Wirt, der dem Erzähler gegenübergesessen hatte, erhob sich jetzt, ging um den Tisch herum, breitete die Arme aus und umarmte Golubtschik. Sie küßten sich lange und herzlich. Sie tranken Brüderschaft; und auch wir alle, die Zuhörer, hoben die Gläser und leerten sie.

„Ja, so ist's!“ begann Golubtschik wieder. „Dieser Wirt da, mein Bruder, seht ihr, Freunde, in seinem Restaurant hat sozusagen mein Unglück begonnen. Zigeunerinnen gab es dort, im alten „Tari-Bari“ in Odessa, großartige Geigenspieler und Zymbalisten. Und was für Weine, Kinder! Und alles bezahlte der Herr Lakatos. Und ich war zum erstenmal in meinem Leben in so einem Lokal. „Trink nur, trink!“ sagte der Herr Lakatos. Und ich trank.

„Trink nur!“ wiederholte er. Und ich trank weiter.

Nach einiger Zeit, es mochte schon sehr spät sein, vielleicht lange nach Mitternacht – – aber in der Erinnerung ist es mir, als sei jene ganze Nacht eine einzige lange, lange Mitternacht gewesen –, fragte mich Lakatos: „Was suchst du eigentlich in Odessa?“

„Ich bin gekommen“, sagte ich (aber ich lallte es damals wahrscheinlich), „um meinen eigentlichen Vater zu besuchen. Er erwartet mich seit mehreren Wochen.“

„Und wer ist dein Vater?“ fragte Lakatos.

„Der Fürst Krapotkin.“

Hierauf schlug Lakatos mit der Gabel an das Glas und bestellte noch eine Flasche Champagner. Ich sah, wie er sich unter dem Tisch die Hände rieb und wie darüber, über dem Tisch, über dem weißen Tischtuch, sein schmales Angesicht aufleuchtete, sich plötzlich rötete und voller wurde, als hätte er seine Wangen aufgepustet.

„Ich kenne ihn, Seine Durchlaucht meine ich", so begann Lakatos. „Ich kann mir auch schon alles zusammenreimen. Er ist ein alter Fuchs, dein Herr Papa! Natürlich bist du sein illegitimer Sohn! Gnade dir Gott, wenn du auch nur den geringsten psychologischen Fehler machst! Mächtig und gefährlich mußt du auftreten! Er ist schlau wie ein Fuchs und feig wie ein Hase! Ja, mein Sohn, du bist nicht der erste, du bist nicht der einzige! Vielleicht irren Hunderte seiner unehelichen Söhne in Rußland herum. Ich kenne ihn. Ich habe Geschäfte mit ihm getätigt. Hopfengeschäfte! Ich bin nämlich von Beruf Hopfenhändler, mußt du wissen. Also, tritt morgen ein, und laß dich melden als Golubtschik, wohlverstanden! Und wenn man dich fragt, was du dem Fürsten zu sagen hast, so sag einfach: eine private Angelegenheit. Und stehst du drin, vor ihm, vor seinem schwarzen, großen Schreibtisch, der aussieht wie ein Sarg, und er fragt dich: Was wünschen Sie? – so sagst du: Ich bin Ihr Sohn, Fürst! – Fürst! sagst du. Nicht: Durchlaucht. – Und dann wirst du sehen. Ich traue deiner Klugheit. Ich führe dich hin. Und ich erwarte dich vor dem Schloß. Und ist er etwa unfreundlich, dein Herr Papa, so sag ihm, daß wir Mittel haben, Mittelchen. Und du hättest einen mächtigen Freund! Verstanden?"

All dies verstand ich sehr wohl, es rann wie Honig in meinen Kopf, und ich drückte Herrn Lakatos die Hand unter dem Tisch, herzlich und fest. Er winkte eine der Zigeunerinnen heran, eine zweite, eine dritte. Vielleicht waren es noch mehr. Einer jedenfalls, jener, die sich an meine Seite gesetzt hatte, verfiel ich vollends. Meine Hand verfing sich in ihrem Schoß wie eine Fliege im Netz. Es war heiß, verworren, sinnlos, und dennoch eine große Seligkeit. Ich erinnere mich noch an den bleischweren, grauenden Morgen, an etwas Weiches, Warmes in einem fremden Bett, in einem fremden Zimmer, an schrille Glocken im Korridor und ganz besonders an einen tief beschämenden, einen schamlosen Jammer vor dem neuen Tag.

Als ich erwachte, stand die Sonne schon hoch am Himmel. Als ich die Treppe hinunterging, sagte man mir, das Zimmer sei bezahlt. Von Lakatos fand ich nur einen Zettel: „Viel Glück!" stand darauf – und: „Ich muß sofort verreisen. Gehen Sie selbst hin! Meine Wünsche begleiten Sie!"

Also ging ich allein zum Schloß des Fürsten.

Das Haus meines Vaters, des Fürsten Krapotkin, stand einsam, stolz und weiß am Rande der Stadt. Obwohl es eine breite, gelbe, gut erhaltene Landstraße vom Strande trennte, schien es mir damals, es liege eigentlich hart am Ufer. So blau und mächtig war das Meer an jenem Morgen, an dem ich dem Hause des Fürsten entgegenging, daß es aussah, als schlüge es eigentlich immer mit seinen zärtlichen Wellen an die steinernen Treppen des Schlosses und als sei es nur zeitweilig zurückgewichen, um die Straße frei zu lassen. Überdies war, lange noch vor dem Schloß, eine Tafel angebracht, auf der geschrieben stand, daß allen Fuhrwerken die Weiterfahrt verboten sei. Es war gewiß, daß der Fürst in seiner sommerlichen, hochmütigen Ruhe nicht gestört sein wollte.

Zwei Polizisten standen nahe dieser Tafel, sie beobachteten mich, während ich sie kühl und stolz anblickte, als hätte ich sie selber hierher befohlen. Wenn sie mich damals gefragt hätten, was ich hier zu suchen habe, ich hätte ihnen geantwortet, daß ich der junge Fürst Krapotkin sei. Eigentlich wartete ich auf diese Frage. Sie aber ließen mich passieren, folgten mir nur noch eine Weile mit ihren Blicken, ich spürte ihre Augen im Nacken. Je näher ich dem Hause Krapotkins kam, desto unruhiger wurde ich. Lakatos hatte versprochen, mich hierher zu begleiten. Nun hatte ich nur noch seinen Zettel in der Tasche. Laut und lebendig tönten in mir noch seine Worte wider: Sag ihm nicht Durchlaucht, sondern Fürst! – Er ist schlau wie ein Fuchs und feig wie ein Hase! – Immer langsamer, ja schleppender wurden meine Schritte, und auf einmal fühlte ich auch die grausame Hitze des Tages, der sich seiner Höhe näherte. Der Himmel war blau, das Meer zu meiner Rechten reglos, die Sonne in meinem Rücken unbarmherzig. Gewiß lag ein Gewitter in der Luft, und man merkte es nur noch nicht. Ich setzte mich eine Weile an den Wegrand. Aber als ich wieder aufstand, war ich noch müder als zuvor. Sehr langsam, die Kehle trocken, mit brennenden Füßen schleppte ich mich vor die strahlende Treppe des Hauses. Weiß waren die steinernen, flachen Stufen wie Milch und Schnee, und obwohl sie mit allen Poren die Sonne tranken, strömten sie mir doch eine wohltätige Kühle entgegen. Vor dem braunen, zweiflügeligen Portal stand ein mächtiger Schweizer in einem langen, sandgelben Mantel, mit einer großen schwarzen Mütze aus Bärenpelz (trotz der Hitze) und einem großen Zepter in der Hand, dessen goldener Knauf blitzte, eine Art Sonnenapfel. Ich stieg die flachen Stufen langsam empor. Der Schweizer schien mich erst zu erblicken, als ich knapp vor ihm stand, klein, verschwitzt und sehr armselig. Aber er rührte sich auch dann nicht, als er mich erblickt hatte. Nur seine großen blauen Kugelaugen ruhten auf mir wie auf einem Wurm, einer Schnecke, einem Nichts, und als wäre ich nicht ein Mensch wie er, ein Mensch auf zwei Beinen.

So sah er zu mir eine Weile schweigsam herunter. Es war, als fragte er mich nur deshalb nicht nach meinem Begehr, weil er von vornherein wußte, daß ein so elendes Geschöpf die menschliche Sprache gar nicht verstehen konnte. Auf meinen Scheitel, durch meinen Mützendeckel, brannte die Sonne fürchterlich und tötete die paar letzten Gedanken, die noch in meinem Gehirn rumorten. Bis jetzt hatte ich eigentlich weder Angst noch Bedenken empfunden. Ich hatte einfach nicht mit dem Schweizer gerechnet, noch weniger mit einem, der gar nicht den Mund auftat, um nach meinem Begehr zu fragen. Immer noch stand ich klein und jämmerlich vor dem gelben Koloß und seinem gefährlichen Zepter. Immer noch ruhten seine Augen, die so rund waren wie seine Zepterkugel, auf meiner erbarmungswürdigen Gestalt. Mir fiel keine passende Frage ein, meine Zunge lag trocken, unendlich groß und lastend in meinem Munde. Mir fiel damals ein, daß er eigentlich vor mir salutieren oder gar die schwere Mütze abnehmen müßte, der Zorn kochte in meiner Brust über so viel Schamlosigkeit eines Lakaien, eines Lakaien, der in meines eigenen Vaters Diensten stand. Ich muß ihm befehlen – dachte ich schnell –, die Mütze abzunehmen. Aber statt ihm diesen Befehl zu erteilen, zog ich selber vor ihm meine Mütze und stand nun noch elender da, barhäuptig und wie ein Bettler. Als hätte er just darauf gewartet, fragte er mich nunmehr mit einer überraschend dünnen, fast weiblichen Stimme nach meinem Begehr. – „Ich möchte zum Fürsten!" sagte ich, sehr zag und leise. – „Sind Sie angemeldet?“ – „Der Fürst erwartet mich.“ – „Bitte!“ sagte er etwas lauter und schon mit einer männlichen Stimme.

Ich trat ein. Im Vestibül standen zwei sandgelb livrierte Lakaien, mit silbernen Litzen und Knöpfen, von den Stühlen auf, sie erhoben sich wie durch einen Zauber, als wären sie steinerne Löwen gewesen, wie man sie manchmal vor herrschaftlichen Treppen sehen kann. Ich war wieder Herr über mich geworden, ich zerdrückte meine schöne Mütze in der Linken, das gab mir ein wenig mehr Festigkeit. Ich sagte, ich wolle den Fürsten sehn und er erwarte mich, und es sei eine private Angelegenheit. Man führte mich in einen kleinen Salon, da hing das Porträt des alten Krapotkin, wie ich aus der metallenen Plakette ersah, meines Großvaters also. Ich fühlte mich schon ganz zu Hause, obwohl mein Großvater ein sehr böses, gelbes, hageres und fremdes Gesicht machte. Ich bin Blut von deinem Blute! dachte ich. Mein Großvater! Ich werde euch zeigen, wer ich bin. Ich bin nicht Golubtschik. Ich bin euer! Oder, vielmehr, ihr seid mein!

Indessen hörte ich ein zartes silbernes Glöckchen läuten, nach einigen Minuten öffnete sich die Tür, und ein Diener verbeugte sich vor mir. Ich stand auf. Ich trat ein. Ich stand im Zimmer des Fürsten.

Er mußte vor nicht langer Zeit aufgestanden sein. Er saß hinter seinem mächtigen schwarzen Schreibtisch, der wirklich aussah wie ein Sarg, in dem man Zaren begräbt, bekleidet mit einem weichen silbergrauen, flauschigen Morgenrock.

Sein Angesicht hatte ich nicht genau in der Erinnerung behalten; jetzt erst gewahrte ich es. Es war mir jetzt, als sähe ich den Fürsten zum erstenmal in meinem Leben, und diese Erkenntnis bereitete mir einen unheimlichen Schrecken. Es war also gewissermaßen nicht mehr mein Vater, nicht der Vater, auf den ich mich vorbereitet hatte, sondern in der Tat ein fremder Fürst, der Fürst Krapotkin eben. Er erschien mir grauer, magerer, hagerer und länger und größer, obwohl er saß, als ich, der ich vor ihm stand. Als er gar fragte: „Was wünschen Sie von mir?“, verlor ich vollends die Sprache. Er wiederholte noch einmal: „Was wünschen Sie von mir?“ – Jetzt hörte ich genau seine Stimme, sie war heiser, und ein wenig böse klang sie, es war, so schien es mir damals, eine Art Bellen, als verträte der Fürst selber gewissermaßen einen seiner Hofhunde. In der Tat erschien plötzlich, ohne daß irgendeine der zwei Türen, die ich im Zimmer des Fürsten bemerkte, aufgegangen wäre, ein riesiger Wolfshund; ich wußte nicht, woher er kam, vielleicht hatte er hinter dem mächtigen Sessel des Fürsten gewartet. Der Hund blieb unbeweglich, er stand zwischen mir und dem Tisch, sah mich an, und auch ich sah ihn unverwandt an und konnte nicht den Blick von ihm wenden, obwohl ich doch den Fürsten, und nur ihn, anschauen wollte. Plötzlich begann der Hund zu knurren, und der Fürst sagte: „Ruhe, Slavka!“ Er knurrte selbst beinahe wie der Hund. „Also, was wünschen Sie, junger Mann?“ fragte der Fürst zum drittenmal.

Ich stand immer noch hart an der Tür. „Treten Sie näher!“ sagte Krapotkin.

Ich ging einen winzigen, einen armseligen winzigen Schritt vor und holte Atem. Dann sagte ich:

„Ich bin gekommen, um mein Recht zu fordern!“

„Welches Recht?“ fragte der Fürst.

„Mein Recht als Ihr Sohn!“ sagte ich, ganz leise.

Es war eine kurze Weile still. Dann sagte der Fürst: „Setzen Sie sich, junger Mann!“, und er wies auf einen breiten Stuhl vor dem Schreibtisch.

Ich setzte mich, das heißt: Ich verfiel eigentlich diesem verhexten Stuhl. Seine weichen Armlehnen zogen mich an und hielten mich fest, ähnlich jenen fleischfressenden Pflanzen, die sorglose Insekten anziehen und vollends vernichten. Ich blieb sitzen, ohnmächtig, und da ich saß, kam ich mir noch schmachvoller vor als die ganze Zeit, in der ich gestanden hatte. Ich wagte nicht, meine Arme auf die Lehnen zu legen. Sie sanken wie gelähmt hinunter, sie hingen zu beiden Seiten des Lehnstuhls hinab, und auf einmal fühlte ich, wie sie sacht und äußerst blöde zu baumeln begannen, und ich hatte doch nicht die Kraft, sie festzuhalten oder gar wieder an mich zu ziehen. Auf meine rechte Wange schien die Sonne stark und blendend, nur mit dem linken Auge konnte ich den Fürsten sehen. Ich ließ aber beide Augen sinken und beschloß abzuwarten.

Der Fürst bewegte ein silbernes Tischglöckchen, der Diener kam. „Papier und Bleistift!“ befahl Krapotkin. Ich rührte mich nicht, mein Herz begann, sehr stark zu pochen, und meine Arme schlenkerten heftiger. Der Hund streckte sich behaglich aus und fing an zu grunzen.

Man brachte das Schreibzeug, der Fürst hub an: „Also, Ihr Name?“ – „Golubtschik!“ sagte ich. „Geburtsort?“ – „Woroniaki.“ – „Der Vater?“ – „Tot!“ – „Den Beruf meine ich“, sagte Krapotkin, „nicht den Gesundheitszustand!“ – „Er war Förster!“ – „Noch andere Kinder vorhanden?“ – „Nein!“ – „Wo besuchen Sie das Gymnasium?“ – „In W.“ – „Sind die Zeugnisse gut?“ – „Ja!“ – „Wollen Sie weiterlernen?“ – „Jawohl!“ – „Denken Sie an einen bestimmten Beruf?“ – „Nein!“

„So!“ sagte der Fürst und legte Papier und Bleistift weg. Er stand auf, nun sah ich unter seinem auseinanderklaffenden Morgenrock eine ziegelrote Hose aus türkischer Seide, wie mir damals schien, und kaukasische, perlenbestickte Sandalen an seinen Füßen. Er sah genauso aus, wie ich mir damals einen Sultan vorstellte. Er näherte sich mir, gab dem Hund einen Tritt, das Tier schob sich knurrend zur Seite. Dann stand er hart vor mir, und ich fühlte seinen starken, harten Blick auf meinem gesenkten Scheitel wie eine Messerspitze.

„Stehen Sie auf!“ sagte er. Ich erhob mich. Er überragte mich um zwei Köpfe. „Sehen Sie mich an!“ befahl er. Ich reckte den Kopf empor. Er betrachtete mich eine lange Weile. „Wer hat Ihnen gesagt, daß Sie mein Sohn sind?“ – „Niemand, ich weiß es schon lange, ich habe es erlauscht und erraten!“ – „So“, machte Krapotkin, „und wer hat Ihnen gesagt, daß Sie irgendein Recht von mir zu fordern haben?“ – „Niemand – ich selbst glaube es.“ – „Und welches Recht?“ – „Das Recht, so zu heißen.“ „Wie zu heißen?“ „So“, wiederholte ich, denn ich wagte nicht, zu sagen: „so wie Sie!“ – „Krapotkin wollen Sie heißen, he?“ – „Ja!“ – „Hören Sie, Golubtschik“, sagte er, „wenn Sie wirklich mein Sohn sind, so sind Sie mir schlecht geraten, das heißt, dumm, total dumm.“ Ich fühlte Spott, aber auch zum erstenmal ein wenig Güte in seiner Stimme. „Sie müßten sich selbst sagen, junger Golubtschik, daß Sie dumm sind. Gestehen Sie es?" – „Nein!" – „Nun, ich werde Ihnen erklären: In ganz Rußland habe ich wahrscheinlich viele Söhne, wer kann es wissen? Ich war lange Jahre jung, viel zu lange war ich jung. Sie selbst haben vielleicht schon Söhne. Auch ich war einmal Gymnasiast. Meinen ersten Sohn bekam die Frau des Schuldieners, meinen zweiten die Tochter desselben Schuldieners. Der erste dieser zwei Söhne ist ein ehelicher Kolohin, der zweite ein unehelicher Kolohin. An diese beiden Namen, wenn es überhaupt zwei Namen sind, erinnere ich mich, weil es eben die ersten waren. Meinen Förster Golubtschik aber hatte ich ganz vergessen, wie so viele andere, wie so viele andere. Es können doch nicht hundert Krapotkins in der Welt herumlaufen, wie? Und nach was für einem Recht und Gesetz? Und gäbe es selbst diesbezüglich ein Gesetz, wer garantiert mir, daß es wirklich meine Söhne sind? He? Und dennoch sorge ich für sie alle, soweit sie meiner Privatkanzlei bekannt sind. Da ich aber auf Ordnung halte, habe ich sämtliche diesbezüglichen Adressen meinen Sekretären angegeben. Und nun? Haben Sie was daran auszusetzen?"

„Ja!" sagte ich.

„Was denn, junger Mann?"

Jetzt konnte ich den Fürsten ganz gelassen ansehn. Ich war nun ruhig genug, und wenn unsereins ruhig wird, wird es auch frech und unverschämt, und also sagte ich: „Mich gehen meine anderen Brüder gar nichts an. Mir handelt es sich nur darum, daß ich mein Recht finde."

„Welches Recht? – Sie haben gar kein Recht. Fahren Sie nach Haus. Grüßen Sie meinetwegen Ihre Mutter. Lernen Sie fleißig. Und werden Sie was Rechtes!"

Ich machte keinerlei Anstalten wegzugehn. Ich begann, hartnäckig und ungezogen: „Einmal waren Sie in Woroniaki und haben mir Männchen aus Holz geschnitzt und dann –", ich wollte von seiner Hand sprechen, die hart, hager und väterlich mein Gesicht gestreichelt hatte – da flog plötzlich die Tür auf, der Hund sprang empor, begann jubelnd zu bellen, das Angesicht des Fürsten verklärte sich, es leuchtete auf. Ein junger Mensch, kaum älter als ich, ebenfalls in Gymnasiasten-Uniform, sprang herein, der Fürst breitete die Arme aus, küßte den jungen Mann mehrere Male auf beide Wangen, dann endlich wurde es still, der Hund wedelte nur noch mit dem Schwanz. Da erst erblickte mich der junge Mann. „Herr Golubtschik!“ sagte der Fürst. „Mein Sohn!“

Der Sohn lachte mich an. Er hatte ganz blitzende Zähne, einen breiten Mund, einen gelblichen Teint und eine feine, harte Nase. Er sah dem Fürsten nicht ähnlich, weniger ähnlich als ich, dachte ich damals.

„Nun, leben Sie wohl!“ sagte der Fürst zu mir. – „Lernen Sie gut!“ Er streckte mir die Hand hin. Dann aber zog er sie zurück, sagte: „Warten Sie!“ und ging zum Schreibtisch. Er zog eine Schublade auf und entnahm ihr eine schwere goldene Tabaksdose. – „Hier“, sagte er, „nehmen Sie das zum Andenken! Gehen Sie mit Gott!“

Er vergaß, mir die Hand zu geben. Ich dankte nicht, nahm die Dose, verneigte mich und verließ das Haus.

Aber kaum war ich wieder draußen, vorbei an dem Schweizer, den ich in einer Art Verwirrung und Angst sogar grüßte und der mir nicht einmal mit einem Blick erwiderte, als ich bereits genau zu fühlen glaubte, daß mir ein großer Schimpf angetan worden war. Die Sonne stand schon hoch im Mittag. Ich fühlte Hunger – und schämte mich seltsamerweise dieses Gefühls: Es erschien mir niedrig und vulgär und meiner unwürdig. Man hatte mich gekränkt, und siehe da: Ich war nur hungrig. Ich war eben vielleicht doch nur Golubtschik, nichts mehr als ein Golubtschik.

Ich ging die hellbesonnte, glatte, sandige Straße zurück, auf der ich vor kaum zwei Stunden hierhergekommen war, ich ließ den Kopf buchstäblich hängen, ich hatte die Empfindung, er könnte sich nie mehr aufrecht halten, er war schwer und wie geschwollen; als hätte man ihn verprügelt, meinen armen Kopf. Die zwei Polizisten standen immer noch an der gleichen Stelle. Auch jetzt sahen sie mir lange nach. Eine Weile, nachdem ich sie passiert hatte, vernahm ich einen schrillen Pfiff. Er kam von links, vom Ufer des Meeres her, der Pfiff erschreckte, aber er erfrischte mich auch gewissermaßen, ich hob den Kopf und erblickte meinen Freund Lakatos. Munter stand er da, sein hellgelbes, sonniges Röckchen schimmerte fröhlich, sein Stöckchen wedelte mir entgegen, sein feines, ebenso sonniges Panamahütchen lag neben ihm, auf dem Kies. Er hob es eben auf und näherte sich mir. Munter und ohne sichtbare Beschwer nahm er die ziemlich steile Anhöhe, die an dieser Stelle die Straße vom Meer trennte, und in wenigen Minuten stand er schon neben mir und reichte mir seine glatte Hand.

Erst in diesem Augenblick merkte ich, daß ich immer noch in meiner Rechten die Tabaksdose des Fürsten hielt, und ich verbarg sie, so flink ich konnte, in meiner Tasche. So schnell ich aber auch diese Bewegung vollführt hatte, meinem Freund Lakatos war sie nicht entgangen, ich merkte es an seinem Blick und an seinem Lächeln. Er sagte zuerst gar nichts. Er tänzelte nur fröhlich neben mir einher. Dann, als die ersten Häuser der Stadt vor uns auftauchten, fragte er: „Nun, es ist gelungen, hoffe ich?“ – „Nichts ist gelungen“, erwiderte ich, und eine große Wut erfüllte mich gegen Lakatos. „Wenn Sie mich begleitet hätten“, sprach ich weiter, „wie Sie mir gestern versprochen hatten, wäre alles ganz anders gekommen. Sie haben gelogen! Warum schrieben Sie mir, daß Sie verreisen müssen? Warum sind Sie überhaupt noch da?“ – „Wie?“ rief Lakatos, „habe ich etwa nichts anderes zu tun? Glauben Sie, ich kümmere mich um Ihre Affären? Ich bekam in der Nacht ein Telegramm, ich solle abreisen. Es stellte sich aber heraus, daß ich noch bleiben könne. Nun ging ich, als ein guter Freund, hierher, um zu hören, was aus Ihnen geworden ist.“ – „Nun“, sagte ich, „nichts ist aus mir geworden, oder noch weniger, als ich gewesen war.“ – „Er hat Sie nicht anerkannt? Er hat keine Angst vor Ihnen? Er hat Sie nicht eingeladen?“ – „Nein!“ – „Er hat Ihnen die Hand gegeben?“ – „Ja“, log ich.

„Und was noch?“ – Ich zog die Dose aus der Tasche. Ich hielt sie in der ausgestreckten, flachen Hand, blieb stehen und ließ sie Lakatos betrachten. Er rührte sie nicht an, er strich nur mit den Augen um sie sorgfältig herum. Er schnalzte dabei mit der Zunge, spitzte die Lippen, pfiff ein wenig, hüpfte einen Schritt vor, dann einen zurück und sagte schließlich: „Großartiges Stück! Ein Vermögen wert! Darf ich es anfassen?“ – Und schon tippte er mit seinen spitzen Fingern auf die Dose. Wir befanden uns bereits knapp vor den ersten Häusern der Stadt, ein paar Leute kamen uns entgegen, Lakatos flüsterte hastig: „Stecken Sie's ein!“, und ich verbarg die Dose.

„Nun, war er allein, der alte Fuchs?“ fragte Lakatos. „Nein!“ sagte ich, “sein Sohn kam ins Zimmer!“ – „Sein Sohn?“ sagte Lakatos. „Er hat keinen. Ich will Ihnen etwas sagen, ich habe vergessen, Sie gestern darauf aufmerksam zu machen! Es ist nicht sein Sohn. Es ist der Sohn des Grafen P., eines Franzosen. Seit der Geburt dieses Jungen lebt die Fürstin in Frankreich; verbannt sozusagen. Den Sohn mußte sie abliefern. So ist es. Ein Erbe muß einmal sein. Wer sollte dieses Vermögen sonst zusammenhalten? Sie etwa? Oder ich?“

„Wissen Sie das bestimmt?“ fragte ich, und mein Herz begann, heftig zu schlagen, aus Freude, aus Schadenfreude, aus Rachsucht, und plötzlich fühlte ich einen brennenden Haß gegen den Jungen, eine vollkommene Gleichgültigkeit gegen den alten Fürsten. Alle meine Gefühle, meine Sehnsucht, meine Wünsche, hatten auf einmal ein Ziel, ich rüstete mich plötzlich aufs neue, ich vergaß, daß ich soeben eine Schmach erlitten hatte, oder vielmehr: Ich glaubte zu wissen, wer allein schuld war an meiner Schmach. Wenn – so dachte ich in jener Stunde – dieser Junge nicht ins Zimmer getreten wäre, ich hätte den Fürsten für mich sicherlich gewinnen können. Dieser Junge aber muß einen Wink erhalten haben, er muß gewußt haben, wer ich bin, deshalb kam er so plötzlich hereingestürmt, der Fürst ist alt und töricht geworden, dieser sein falscher Sohn umgarnt ihn tückisch, dieser Franzose, Sohn einer würdelosen Mutter.

Es schien mir damals, während ich solches überlegte, als würde mir immer wohler und leichter, das Feuer des Hasses erwärmte mein Herz. Ich glaubte endlich, den Sinn meines Lebens und sein Ziel erfaßt zu haben. Der tragische Sinn meines Lebens bestand darin, daß ich das unglückliche Opfer eines tückischen Jungen war. Das Ziel meines Lebens bestand darin, daß ich von dieser Stunde an die Pflicht hatte, den tückischen Jungen zu vernichten. Eine große, warme Dankbarkeit gegen Lakatos erfaßte mich und zwang mich, ihm stumm und fest die Hand zu drücken. Er ließ meine Hand nicht mehr los. So gingen wir, Hand in Hand, fast zwei Kindern ähnlich, dem nächsten Restaurant entgegen. Wir aßen ausgiebig, mit kräftigem Appetit. Wir sprachen nicht viel. Lakatos zog einige Zeitungen aus der Rocktasche, es war wie ein Zauber, ich hatte diese Blätter bis jetzt gar nicht bemerkt. Als wir mit dem Essen fertig waren, rief er nach der Rechnung, schob sie mir zu, und immer noch in seine Zeitung vertieft, sagte er, ganz nebenbei: „Zahlen Sie bitte vorläufig! Wir verrechnen dann!"

Ich griff in die Tasche, langte nach meiner Börse, öffnete sie und sah, daß sie mit einigen Kupfermünzen gefüllt war, statt des Silbergelds, das ich mitgenommen hatte. Ich suchte noch im mittleren Fach, erinnerte mich genau an die zwei Zehn-Rubel-Stücke, die darin gelegen hatten, kramte noch eine Weile, Angst befiel mich, der Schweiß trat mir auf die Stirn. Gestern nacht hatte man mich bestohlen, es war sicher. Lakatos begann indessen, die Zeitung zusammenzufalten. Nach einer Weile fragte er: „Gehen wir?", sah mich an und schien zu erschrecken. – „Was ist los?" sagte er. „Ich habe kein Geld mehr!" flüsterte ich.

Er nahm mir die Börse aus der Hand, betrachtete sie und sagte endlich: „Ja, die Weiber!"

Dann zog er Geld aus der Brieftasche, zahlte, nahm mich beim Arm und begann: „Das macht nichts, das macht bestimmt nichts, junger Mann! In Not geraten wir keineswegs, wir haben da einen Schatz in der Tasche. Dreihundert Rubel unter Brüdern. Zu diesen Brüdern wollen wir eben jetzt wandern! Dann aber, junger Mann, genug für diesmal mit den Abenteuern! Fahren Sie sofort nach Haus!"

Arm in Arm mit Lakatos ging ich nun zu den Brüdern, von denen er gesprochen hatte.

Wir gingen in das Viertel nahe am Hafen, wo in winzigen und halb verfallenen Häusern die armen Juden wohnen. Es sind, glaube ich, die ärmsten und, nebenbei gesagt, auch die kräftigsten Juden der Welt.

Tagsüber arbeiten sie im Hafen, sie arbeiten wie Kräne, sie schleppen Lasten auf die Schiffe und löschen die Ladungen, und die Schwächeren unter ihnen handeln mit Früchten, Kürbiskernen, Taschenuhren, Kleidern, reparieren Stiefel, flicken alte Hosen, nun, was eben alles arme Juden machen müssen. Ihren Sabbat aber feiern sie, vom Anbruch der Freitagnacht an, – und Lakatos sagte: „Gehen wir etwas schneller, denn heute ist Freitag, und die Juden hören bald auf, Geschäfte zu machen."

Während ich so an Lakatos' Seite dahinging, erfaßte mich eine große Angst, und es war mir, als gehörte mir die Tabaksdose gar nicht, die ich nun versetzen ging: als hätte sie mir Krapotkin gar nicht geschenkt, sondern als hätte ich sie gestohlen. Aber ich unterdrückte meine Angst und machte sogar ein heiteres Gesicht und tat so, als hätte ich bereits vergessen, daß man mir das Geld gestohlen hatte, und ich lachte über jede Anekdote, die Lakatos erzählte, obwohl ich diese Anekdoten gar nicht hörte. Ich wartete nur immer darauf, daß er kichere, dann merkte ich, daß seine Geschichte zu Ende war, und hierauf lachte ich laut und verlegen. Ich ahnte nur von ungefähr, daß die Geschichten bald von Frauen, bald von Juden, bald von Ukrainern handelten.

Wir hielten endlich vor der schiefen Hütte eines Uhrmachers. Er hatte kein Schild, man sah nur an den Rädern, Rädchen, Zeigern und Zifferblättern, die im Fenster lagen, daß der Bewohner der Hütte ein Uhrmacher war. Es war ein winziger, dürrer Jude mit einem schütteren, strohgelben Ziegenbärtchen. Als er sich erhob, um uns entgegenzutreten, bemerkte ich, daß er hinkte, es war ebenfalls ein tänzelndes Hinken, fast wie das meines Freundes Lakatos, nur nicht ein solch feines und vornehmes. Der Jude glich einem traurigen, etwas erschöpften Böcklein. In seinen kleinen schwarzen Äuglein glomm ein rötliches Feuerchen. Er hielt die Tabaksdose in seiner mageren Hand, wog sie ein wenig und sagte: „Aha, Krapotkin!" und prüfte mich dabei mit einem flinken Blick, und es war, als wöge er mich mit seinen kleinen Äuglein, wie er eben die Dose auf seinem mageren Händchen gewogen hatte. Auf einmal schien es mir, daß der Uhrmacher und Lakatos Brüder seien, obwohl beide Sie zueinander sagten.

„Also, wieviel?“ fragte Lakatos.

„Wie gewöhnlich!“ sagte der Jude.

„Dreihundert?“

„Zweihundert!“

„Zweihundertachtzig?“

„Zweihundert!“

„Gehn wir!“ sagte Lakatos und nahm dem Uhrmacher die Dose aus der ausgestreckten Hand.

Wir gingen ein paar Häuser weiter, da war wieder ein Uhrmacherfenster wie vorher, und siehe da, als wir eintraten, erhob sich der gleiche magere Jude mit gelblichem Bärtchen, blieb aber hinter seinem Pult, so daß ich nicht sehen konnte, ob auch er hinke. Als ihm Lakatos meine Dose zeigte, sagte auch dieser zweite Uhrmacher nur das Wort: „Krapotkin!“ – „Wieviel?“ fragte Lakatos. – „Zweihundertfünfzig!“ sagte der Uhrmacher. „Bitte!“ sagte Lakatos. Und der Jude zahlte uns das Geld aus, in goldenen Zehn- und Fünf-Rubel-Stücken.

Wir verließen das Viertel. „So, mein Junge!“ begann Lakatos. „Jetzt nehmen wir einen Wagen und fahren zur Bahn. Sei klug, laß dich nicht mehr auf dumme Sachen ein, und behalte dein Geld. Schreib mir gelegentlich, nach Budapest, hier ist meine Adresse.“ Und er gab mir seine Visitkarte, auf der stand in lateinischen sowie auch in zyrillischen Buchstaben:

JENÖ LAKATOS
Hopfenkommissionär
Firma Heidegger und Cohnstamm, SAAZ

Adresse: Budapest, Rakocziutca, 31.

Es kränkte mich tief, daß er zu mir du sagte, so plötzlich, und deshalb sagte ich: „Ich bin Ihnen viel Dank schuldig, aber auch Geld.“

„Dank nicht!“ erwiderte er.

„Also, wieviel?“ fragte ich.

„Zehn Rubel!“ sagte er, und ich gab ihm ein goldenes Zehn-Rubel-Stück.

Hierauf winkte er einem Wagen. Wir stiegen ein. Wir fuhren zum Bahnhof.

Wir hatten nicht mehr viel Zeit, der Zug ging in zehn Minuten, man hatte schon zum erstenmal geläutet.

Ich wollte gerade auf das Trittbrett steigen, als plötzlich zwei auffallend große Männer auftauchten, je einer rechts und links von meinem Freunde Lakatos. Sie winkten mir, ich stieg aus. Sie nahmen uns in die Mitte und führten uns, gewaltig und finster, wieder hinaus vor den Bahnhof. Wir alle vier sprachen kein Wort. Wir gingen um das ganze große Bahnhofsgebäude herum und dann rückwärts, wo man das Tuten der rangierenden Lokomotiven vernahm, zu einer kleinen Tür hinein. Es war das Polizeibüro. Zwei Polizisten standen an der Tür. Ein Beamter saß am Tisch und beschäftigte sich damit, die zahllosen Fliegen zu fangen, die mit einem lauten, unaufhörlichen, durchdringenden Gesumm im Zimmer umherflogen und sich auf die weißen Blätter setzten, die auf dem Schreibtisch ausgebreitet lagen. Sooft er eine Fliege gefangen hatte, nahm er sie zwischen Daumen und Zeigefinger der Linken und zupfte ihr einen Flügel aus. Dann tauchte er sie in das große, weite Tintenfaß aus weißem, tintenbeflecktem Porzellan. So ließ er uns etwa eine Viertelstunde herumstehn, Lakatos, mich und die beiden Männer, die uns hierhergebracht hatten. Es war heiß und still. Man hörte nur die Lokomotiven, den Gesang der Fliegen und den schweren, gleichsam schnarchenden Atem der Polizisten.

Schließlich winkte mich der Beamte heran. Er tauchte die Feder in das Tintenfaß, in dem so viele Fliegenleichen herumschwammen, fragte mich nach Namen und Herkunft und Ziel und Zweck meines Aufenthalts in Odessa, und nachdem ich alles gesagt hatte, lehnte er sich zurück, strich seinen schönen, semmelblonden Bart und beugte sich plötzlich wieder vor über den Tisch und fragte: „Wieviel Tabaksdosen haben Sie eigentlich gestohlen?“

Ich verstand seine Frage nicht und blieb stumm.

Er zog die Schublade auf, winkte mir, an seine Seite zu treten, ich ging um den Tisch herum an die offene Lade und sah, daß sie ausgefüllt war mit lauter Tabaksdosen von jener Art, wie ich sie vom Fürsten bekommen hatte. Ich blieb erschrocken vor dieser Lade stehn, ich begriff gar nichts mehr. Es war mir, als sei ich verzaubert worden, ich zog das Billet aus meiner Tasche, das ich vor einer halben Stunde gelöst hatte, und zeigte es dem Beamten, es war lächerlich, so etwas zu tun, ich fühlte es sogleich, aber ich war eben ratlos, verworren und glaubte wie jeder Verworrene, unbedingt etwas Sinnloses tun zu müssen. „Wieviel von diesen Dosen haben Sie genommen?" fragte der Beamte noch einmal.

„Eine", sagte ich. „Die hat mir der Fürst gegeben! Dieser Herr weiß es" – ich zeigte auf Lakatos. Er nickte. Aber in diesem Augenblick sagte der Beamte: „Hinaus!" – und Lakatos wurde hinausgeführt.

Ich blieb nun allein mit dem Beamten und einem Polizisten an der Tür. Der aber schien kein lebendiger Mensch, eher ein Pfosten oder etwas ähnliches.

Der Beamte tauchte die Feder wieder ins Tintenfaß, angelte eine tote, tropfende Fliege heraus, und es war, als blutete die Fliege Tinte, betrachtete sie und sagte leise:

„Sie sind der Sohn des Fürsten?"

„Ja!"

„Sie wollten ihn umbringen?"

„Umbringen?" rief ich.

„Ja?" fragte der Beamte, ganz leise und lächelnd.

„Nein! Nein!" schrie ich, „ich liebe ihn!"

„Sie können gehn!" sagte der Beamte zu mir. Ich näherte mich der Tür. Da ergriff mich der Polizist am Arm. Er führte mich hinaus: Da stand ein Polizeiwagen mit vergittertem Fenster. Die Wagentür ging auf. Drinnen saß ein Polizist, der zog mich in den Wagen. Wir fuhren ins Gefängnis."

Hier machte Golubtschik eine lange Pause. Sein Schnurrbart, dessen unterer Rand feucht war vom Schnaps, den der Erzähler immer wieder in großen Zügen trank, zitterte ein wenig. Die Gesichter aller Zuhörer waren bleich und unbewegt und, wie mir schien, gleichsam reicher geworden an Runzeln und Falten, als hätte jeder der Anwesenden innerhalb der Stunde, die seit dem Anfang der Erzählung vergangen sein mochte, außer seiner eigenen Jugend auch noch die Semjon Golubtschiks erlebt. Auf uns allen lastete nunmehr nicht mehr nur unser eigenes Leben, sondern auch jener Teil des Golubtschikschen Lebens, den wir soeben kennengelernt hatten. Und nicht ohne Schrecken erwartete ich den aller Voraussicht nach furchtbaren Rest dieses Lebens, das ich gewissermaßen eher zu überstehen als anzuhören haben sollte. Durch die geschlossene Tür hörte man jetzt das dumpfe Poltern der ersten Gemüsewagen, die zum Markt fuhren, und manchmal den wehmütigen, langgezogenen Pfiff ferner Lokomotiven.

„Es war nur ein gewöhnlicher Polizeiarrest“, begann Golubtschik wieder, „nichts Fürchterliches. Es war immerhin ein ziemlich bequemes Zimmer, mit breiten Gittern vor dem hohen Fenster, die nichts Drohendes hatten, etwa so wenig Drohendes wie Gitter vor den Fenstern mancher Wohnungen. Es gab auch einen Tisch, einen Stuhl und zwei Feldbetten. Aber fürchterlich war die Tatsache, daß, als ich das Arrestzimmer betrat, mein Freund Lakatos sich von einem der Betten erhob, um mich zu begrüßen. Ja, er gab mir die Hand genauso fröhlich und unbefangen, als hätten wir uns zum Beispiel im Restaurant getroffen. Ich aber übersah seine ausgestreckte Hand. Er seufzte bekümmert und gekränkt und legte sich wieder hin. Ich setzte mich auf den Stuhl. Ich wollte weinen, den Kopf auf den Tisch legen und weinen, aber ich schämte mich vor Lakatos, und noch stärker als meine Scham war meine Furcht, er könnte mich trösten wollen. So saß ich denn, mit einer Art versteinerten Weinens in der Brust, stumm auf dem Sessel und zählte die Gitter am Fenster.

„Seien Sie nicht verzweifelt, junger Herr!“ sagte Lakatos nach einer Weile. Er stand auf und trat an den Tisch. „Ich habe alles erfahren!“ –

Gegen meinen Willen hob ich den Kopf, bereute es aber sofort. „Ich habe meine Beziehungen, auch hier schon. In zwei Stunden spätestens sind Sie frei. Und wissen Sie, wem wir dieses Pech zu verdanken haben? Raten Sie bitte!"

„Sagen Sie's doch!" schrie ich. „Quälen Sie mich doch nicht!"

„Nun, Ihrem Herrn Bruder, oder vielmehr dem Sohn des Grafen P., Sie verstehen?"

Oh, ich verstand, und ich verstand doch nicht. Aber der Haß, meine Freunde, der Haß gegen den jungen Mann, den Bastard, den falschen Sohn meines leiblichen, meines fürstlichen Vaters, übernahm gleichsam die Rolle der Vernunft, wie es oft geschieht, und weil ich haßte, glaubte ich, auch zu erkennen. In einem Nu, so schien es mir, durchschaute ich ein fürchterliches Komplott, das man gegen mich gesponnen hatte. Und zum erstenmal erwachte in mir die Rachsucht, die Zwillingsschwester des Hasses, und schneller noch, als der Donner dem Blitz zu folgen pflegt, faßte ich den Entschluß, mich einmal bestimmt an dem Jungen zu rächen. Wie – das wußte ich nicht, aber ich fühlte schon, daß Lakatos der Mann war, mir den Weg zu zeigen, und also wurde er mir im gleichen Augenblick sogar angenehm.

Selbstverständlich wußte er, was alles in mir vorging. Er lächelte, ich erkannte an seinem Lächeln, daß er alles wußte. Er beugte sich über den Tisch so nahe zu mir herüber, daß ich nichts mehr sah als seine blitzenden Zähne und dahinter den rötlichen Schimmer seines Gaumens und von Zeit zu Zeit seine rosa Zungenspitze, die mich an die Zunge unserer Katze daheim erinnerte. Er wußte in der Tat alles. Die Sache verhielt sich so: Dosen zu schenken, alle von der gleichen, äußerst kostspieligen Art, war eine der vielen Marotten des alten Fürsten. Er ließ sie eigens für sich herstellen, bei einem Juwelier in Venedig, nach dem alten Muster einer Dose, die er, der Fürst, selbst einmal bei einer Versteigerung erstanden hatte. Diese Tabaksdosen, aus schwerem Gold, mit elfenbeinerner Einlage und mit Smaragdsplittern umkränzt, liebte der Fürst seinen Gästen zu geben, und er hatte auch immer unzählige dieser Dosen bereit. Nun, es war einfach. Der junge Mann, den er für seinen Sohn hielt, brauchte Geld, stahl die Dosen, verkaufte sie von Zeit zu Zeit, und im Laufe der Jahre hatte die Polizei bei jeder Untersuchung, die sie bei den Händlern vorzunehmen pflegte, eine mächtige Anzahl Dosen gesammelt. Alle Welt wußte, woher diese Schätze kamen. Auch der Verwalter des Fürsten, auch seine Lakaien wußten es. Aber wer hätte gewagt, es ihm zu sagen? – Wie leicht war es dagegen, einem so bedeutungslosen Jungen wie mir einen Diebstahl, ja einen Einbruch sogar zuzumuten; denn was war unsereins im alten Rußland, meine Freunde? Ein Insekt, eine jener Fliegen, die der Beamte in seinem Tintenfaß ersäuft, ein Nichts, ein Staubkörnchen unter der Stiefelsohle eines großen Herrn. Und dennoch, meine Freunde, laßt mich eine Weile abschweifen, verzeiht es mir, daß ich euch aufhalte: Ich wollte heute, wir wären noch die alten Staubkörnchen! Wir waren nicht von Gesetzen, sondern von Launen abhängig. Aber diese Launen waren fast eher berechenbar als die Gesetze. Und auch noch Gesetze sind von Launen abhängig. Man kann sie nämlich auslegen. Ja, meine Freunde, die Gesetze schützen vor der Willkür nicht, denn die Gesetze werden nach Willkür ausgelegt. Die Launen eines kleinen Richters kenne ich nicht. Sie sind schlimmer als gewöhnliche Launen. Sie sind einfach miserable Gehässigkeiten. Die Launen eines großen Herrn aber kenne ich. Sie sind sogar zuverlässiger als Gesetze. Ein großer, ein echter Herr, der strafen kann und Gnade üben, ist durch ein einziges Wort böse zu machen, aber manchmal auch durch ein einziges Wort wieder gut. Und wie viele große Herren hat es schon gegeben, die gar niemals böse geworden waren. Ihre Launen waren immer gütige Launen. Die Gesetze aber, meine Freunde, sind fast immer böse. Es gibt beinahe kein Gesetz, von dem man sagen könnte, es sei etwa gütig, es gibt auf Erden nicht einmal eine absolute Gerechtigkeit, Gerechtigkeit, meine Freunde, gibt es nur in der Hölle! ...

Um also wieder auf meine Geschichte zurückzukommen: Damals wollte ich noch die Hölle auf Erden, das heißt, ich dürstete nach Gerechtigkeit. Und wer die absolute Gerechtigkeit will, der ist der Rachsucht verfallen. So war ich damals. Ich war Lakatos dankbar, daß er mir die Augen geöffnet hatte. Und ich zwang mich, Vertrauen zu ihm zu haben, und fragte ihn: „Was soll ich tun?"

„Sagen Sie mir zuerst, unter uns," begann er, „haben Sie wirklich nichts anderes vorgehabt, als dem Fürsten zu sagen, daß Sie sein Sohn sind? – Mir können Sie es ja sagen, niemand hört uns. Wir sind jetzt Leidensgefährten. Vertrauen gegen Vertrauen. Wer hat Sie zum Fürsten geschickt? Gibt es in Ihrer Klasse einen Vertrauensmann der – nun, Sie wissen schon: der sogenannten Revolutionäre?"

„Ich verstehe Sie nicht", sagte ich. „Ich bin kein Revolutionär. Ich will einfach mein Recht! Mein Recht!" schrie ich.

Erst später sollte ich begreifen, was für eine Rolle dieser Lakatos spielte. Später erst, als ich selbst fast ein Lakatos geworden war. Damals aber begriff ich es nicht. Er aber verstand wohl, daß ich ehrlich gesprochen hatte. Er sagte nur: „Nun, dann ist alles gut!" Und er mochte sich dabei gedacht haben: Jetzt habe ich mich wieder geirrt. Eine schöne Summe ist mir da entgangen.

Eine Weile später ging die Tür auf, der Beamte kam, der die Fliegen ertränkt hatte, ihm folgte ein Herr in Zivil. Ich erhob mich. Der Beamte sagte: „Ich lasse Sie allein" und ging. Nach ihm ging Lakatos, ohne mich anzusehen. Der Herr sagte mir, ich solle mich setzen, er hätte mir einen Vorschlag zu machen. Er wisse alles – so begann er. Der Fürst habe eine hohe Stellung und eine große Bedeutung. Von ihm hänge das Wohl Rußlands ab, des Zaren, der Welt, könnte man sagen. Deshalb dürfte er niemals gestört werden. Ich sei mit lächerlichen Ansprüchen gekommen. Die gütige Nachsicht des Fürsten allein hätte mich vor schwerer Strafe gerettet. Ich sei jung. Also könne mir verziehen werden. Allein der Fürst, der bis jetzt aus Laune den Sohn eines seiner Förster erhalten habe und selbst habe studieren lassen, wünsche nicht mehr, an Unwürdige oder Leichtfertige oder Unüberlegte – oder wie immer ich mich bezeichnen möge – Gnaden zu verschwenden. Infolgedessen sei beschlossen worden, daß ich irgendeinen meiner bescheidenen Abkunft entsprechenden Posten einnehmen solle. Ich könnte entweder Förster werden wie mein

Vater, Gutsverwalter vielleicht einmal, mit der Zeit, auf einem der Güter des Fürsten, oder auch in den Staatsdienst treten, zur Post, zur Eisenbahn gehn, als Schreiber irgendwohin, zu einem Gouvernement sogar. Lauter gutbezahlte und für mich passende Posten. Ich antwortete nicht.

„Hier, unterschreiben Sie!“ sagte der Herr und entfaltete vor mir ein Papier, auf dem stand, daß ich keinerlei Ansprüche an den Fürsten zu stellen hätte und mich verpflichtete, nie mehr eine Begegnung mit ihm zu versuchen.

Nun, meine Freunde, ich kann meinen Zustand nicht genau beschreiben. Als ich das Papier las, war ich beschämt, gedemütigt, aber auch hochmütig zugleich, furchtsam und rachsüchtig, durstig nach der Freiheit, aber zugleich auch bereit, Qualen zu erleiden, ein Kreuz auf mich zu nehmen, vom Wunsch nach Macht erfüllt und gleichzeitig von dem süßen, verführerischen Gefühl, daß auch die Ohnmacht eine Seligkeit sei sondergleichen. Ich wollte aber Macht haben, um eines Tages allen Schimpf rächen zu können, den man mir jetzt antat, und zugleich wollte ich die Kraft haben, diesen Schimpf ertragen zu können. Ich wollte, kurz gesagt, nicht nur ein Rächer, sondern auch gleichzeitig ein Märtyrer sein. – Aber noch war ich keins von beiden, das fühlte ich wohl, und der Herr wußte es sicherlich ebenfalls. Er sagte mir, grob diesmal: „Also schnell, entscheiden Sie sich!“ Und ich unterschrieb. „So“, sagte er und steckte das Papier ein. „Was wünschen Sie nun?“ Wollte Gott, ich hätte damals gesagt, was mir auf der Zunge lag, nämlich das einfache Wort: Nach Hause! Zur Mutter! Aber in diesem Augenblick ging die Tür auf, ein Polizeioffizier trat ein, ein eleganter Stutzer, mit weißen Handschuhen, mit blitzendem Säbel und blankgeputzter, lederner Pistolentasche und einem blanken, blaublitzenden Blick aus Eis und Hochmut. Und nur seinetwegen und ohne den Herrn anzusehn, sagte ich plötzlich: „Ich will zur Polizei!“

Dieses unbedachte Wort, meine lieben Freunde, hat mein Schicksal entschieden. Erst viel später habe ich gelernt, daß Worte mächtiger sind als Handlungen – und ich lache oft, wenn ich die beliebte Phrase höre: „Keine Worte, sondern Taten!“ Wie schwach sind die Taten! Ein Wort besteht, eine Tat vergeht! Eine Tat vollbringt auch ein Hund, ein Wort aber spricht nur ein Mensch. Die Tat, die Handlung ist nur ein Phantom, verglichen mit der Wirklichkeit und gar mit der übersinnlichen Wirklichkeit des Wortes. Die Handlung verhält sich zum Wort ungefähr wie der zweidimensionale Schatten im Kino zum dreidimensionalen lebendigen Menschen oder, wenn ihr wollt, wie die Photographie zum Original. Deshalb auch bin ich ein Mörder geworden. Aber das kommt später.

Vorläufig geschah folgendes: Ich unterschrieb noch ein Papier im Zimmer eines Beamten, den ich bis jetzt noch nicht gesehen hatte. Was darin stand, weiß ich nicht mehr genau. Der Beamte, ein alter Herr mit einem so würdigen, so langen, so silbernen Bart, daß sein Angesicht darüber winzig erschien und unbedeutend, als wüchse es aus diesem Bart empor, und nicht, als wäre aus ihm der Bart gesprossen, gab mir eine weiche, gutgepolsterte, gleichsam mit fetter Tücke gepolsterte Hand und sagte: „Ich hoffe, Sie werden sich bei uns einleben und heimisch fühlen! Sie fahren nach Nischnij Nowgorod. Hier haben Sie die Adresse des Herrn, bei dem Sie sich melden. Leben Sie wohl!"

Und als ich schon an der Tür war, rief er: „Halt, junger Mann!" Ich kehrte zurück an den Schreibtisch. „Merken Sie sich das, junger Mann!" sagte er, beinahe schon grollend. „Schweigen, Horchen, Schweigen, Horchen!" Er legte den Finger an seine bartüberwucherten Lippen und winkte mit der Hand. –

Ich war somit bei der Polizei, bei der Ochrana, meine Freunde! Ich begann, Rachepläne zu schmieden. Ich hatte Macht. Ich hatte Haß. Ich war ein guter Agent. Nach Lakatos wagte ich nicht mehr zu fragen. Er wird noch oft in meiner Geschichte vorkommen. Erspart mir inzwischen die Einzelheiten, die ich jetzt zu erzählen hätte. Es gibt noch Widerliches genug in meinem weiteren Leben.

Erlaßt mir, meine Freunde, die genauen Berichte über die gemeinen – ja, man kann, man soll sagen: gemeinen Taten, die ich im Verlauf der folgenden Jahre begangen habe. Ihr wißt alle, meine Brüder, was die Ochrana gewesen ist. Vielleicht hat sie sogar jemand unter euch am eigenen Leibe gespürt. Auf keinen Fall habe ich es nötig, sie genau zu beschreiben. Ihr wißt jetzt, was ich gewesen bin. Und wenn es euch nicht paßt, so sagt es mir bitte gleich, ich verlasse euch. Hat jemand etwas gegen mich? Ich bitte, es zu sagen, meine Herren! Nur glattweg zu sagen! Und ich gehe!“

Aber wir alle schwiegen. Nur der Wirt sagte: „Semjon Semjonowitsch, da du einmal angefangen hast, deine Geschichte zu erzählen, und da wir schließlich alle, so, wie wir hier sitzen, irgend etwas auf dem Gewissen haben, bitte ich dich, im Namen unser aller, fortzufahren.“

Golubtschik tat noch einen Schluck und erzählte weiter:

„Ich war nicht dumm, trotz meiner Jugend, und also war ich gar bald gut angeschrieben bei meinen Vorgesetzten. Zuerst – ich habe vergessen, es zu erzählen – schrieb ich einen Brief an meine Mutter. Ich sagte ihr, daß mich der Fürst gut aufgenommen habe und daß er sie herzlich grüßen lasse. Er habe mir – so schrieb ich weiter – einen großartigen Staatsposten verschafft, und von nun ab würde ich ihr monatlich zehn Rubel schicken. Für dieses Geld brauche sie sich aber beim Fürsten nicht zu bedanken.

Als ich diesen Brief schrieb, meine Freunde, wußte ich schon, daß ich meine Mutter niemals mehr sehen würde, und ich war auch, so merkwürdig es scheinen mag, sehr traurig darüber. Aber etwas anderes, Stärkeres – so schien es mir damals – rief mich, Stärkeres als die Liebe zur Mutter, nämlich der Haß gegen meinen falschen Bruder. Der Haß war so laut wie eine Trompete, und die Liebe zur Mutter war so leise und zart wie eine Harfe. Ihr versteht, meine Freunde! ...

Ich wurde also, so jung ich auch war, ein großartiger Agent. Ich kann euch nicht alle Gemeinheiten erzählen, die ich im Laufe jener Zeit begangen habe. Aber der und jener unter euch erinnert sich vielleicht noch an die Geschichte von dem jüdischen Sozialrevolutionär Salomon Komrower, genannt: Komorow – und dies war eine der schmutzigsten Taten meines Lebens.

Dieser Salomon Abramowitsch Komrower war ein zarter Jüngling aus Charkow, die Politik hatte ihn niemals beschäftigt, er lernte, wie es bei Juden gehörig ist, fleißig Talmud und Thora und wollte so eine Art Rabbiner werden. Seine Schwester aber war eine Studentin, sie studierte Philosophie in Petersburg, sie verkehrte bei den Sozialrevolutionären, sie wollte, wie es damals Mode war, das Volk befreien – – und sie wurde eines Tages verhaftet. Salomon Komrower, ihr Bruder also, hat nichts Eiligeres zu tun, als sich bei der Polizei zu melden und anzugeben, er sei schuld, und er allein, an den gefährlichen Umtrieben seiner Schwester. Gut! Man verhaftet auch ihn. Man setzt mich in der Nacht in seine Zelle. Es war in einem Kiewer Gefängnis, ich erinnere mich noch genau an die Stunde – es war knapp vor Mitternacht. Als ich eintrat, das heißt: hineingestoßen wurde, ging Salomon Komrower auf und ab, auf und ab, er schien mich gar nicht zu bemerken. „Guten Abend!" sagte ich, und er antwortete mir nicht. Ich spielte, wie es meine Pflicht war, einen alten Verbrecher und legte mich seufzend auf die Pritsche. Nach einer Weile hörte auch Komrower auf zu wandern. Er setzte sich ebenfalls auf seine Pritsche; ich war derlei gewohnt. „Politisch?" fragte ich, wie gewöhnlich. „Ja!" sagte er. „Wieso?" fragte ich weiter. Nun, er war dumm und jung, er erzählte seine ganze Geschichte. Ich aber, der ich immer an meinen falschen Bruder, den jungen Fürsten Krapotkin, dachte und an meine Rache, überlegte mir, ob hier nicht endlich eine Gelegenheit gegeben wäre, meinen stetig heißen Haß zu kühlen. Und ich begann, dem jungen, ahnungslosen Komrower einzureden, daß ich einen Ausweg für ihn und für seine Schwester wüßte: nämlich den, den jungen Fürsten als den Freund seiner Schwester anzugeben, und, so sagte ich dem ahnungslosen Juden, wenn einmal ein Name wie der Krapotkins mit im Spiel wäre, sei gar nichts mehr zu befürchten.

In der Tat, ich wußte damals keineswegs, daß der junge Fürst tatsächlich revolutionäre Kreise aufsuchte und daß er seit langem schon von meinen Kollegen genau überwacht worden war. Meine Gehässigkeit und meine Rachsucht hatten also gewissermaßen Glück, kann man sagen. Denn siehe da: Am nächsten Tag, nachdem man den Juden Komrower vernommen hatte, kehrte er in Begleitung eines sehr noblen jungen Mannes in Ingenieur-Uniform in die Zelle zurück. Er war, sozusagen, mein Bruder: der junge Fürst Krapotkin.

Ich begrüßte ihn, er erkannte mich natürlich nicht. Ich begann, mich mit gehässigem Eifer um ihn zu kümmern; der Jude Komrower, der dort in der Ecke auf seiner Pritsche lag, bedeutete mir gar nichts mehr. Und wie es einst Lakatos mit mir gemacht hatte, begann ich, eins ums andere, Verrat um Verrat aus dem jungen Fürsten herauszulocken, nur mit mehr Erfolg, als es damals Lakatos vergönnt gewesen war. Ja, ich erlaubte mir, den jungen Fürsten zu fragen, ob er sich noch an die Tabaksdosen erinnere, die sein Vater zu verschenken die Gewohnheit gehabt habe: Da wurde der Junge zum erstenmal rot, man sah es sogar im Halbdunkel der Zelle. So ist es nämlich: Der Mann, der vielleicht versucht hatte, den Zaren zu stürzen, wurde rot, als ich ihn an einen seiner Knabenstreiche erinnerte. Von nun an gab er mir bereitwillig Auskunft. Ich erfuhr, daß er, just infolge jener törichten Tabaksdosengeschichte, die eines Tages aufgekommen war, sich verpflichtet gefühlt hatte, eine gehässige Stellung gegen die menschliche Ordnung überhaupt einzunehmen. Er hatte also, wie so viele junge Menschen seiner Zeit, die Tatsache, daß man sein vulgäres Verbrechen entdeckt hatte, zum Anlaß genommen, ein sogenannter Revolutionär zu werden und die Gesellschaft anzuklagen. Er war immer noch hübsch, und wenn er sprach und gar wenn er mit seinen blanken Zähnen lächelte, erhellte sich gleichsam die Zelle, in der wir saßen. Von tadellosem Schnitt war seine Uniform. Von tadellosem Schnitt war sein Angesicht, war sein Mund, waren seine Zähne, waren seine Augen. Ich haßte ihn. Er verriet mir alles, alles, meine Freunde! Es hat keine Bedeutung mehr, ich will euch mit Einzelheiten nicht langweilen. Aber es half mir nichts, daß ich alles mitteilte. Nicht der junge Fürst Krapotkin wurde bestraft, sondern der völlig schuldlose Jude Komrower.

Ich sah noch, wie sie ihm die Kugel und die Kette um das linke Bein schmiedeten. Er ging nach Sibirien. Der junge Fürst aber verschwand eines Tages, schneller, als er gekommen war.

Alle Geständnisse, die mir der Fürst gemacht hatte, schrieb man dem jungen Komrower zu.

So war damals die Praxis, meine Freunde!

Ich war die letzte Nacht mit ihm in der Zelle. Er weinte ein bißchen, gab mir dann ein paar Zettel, an seine Eltern, an Freunde und Verwandte, und sagte: „Gott ist überall. Ich habe keine Angst! Ich habe auch keinen Haß! Gegen niemanden! Sie waren mein Freund und ein Freund in der Not! Ich danke Ihnen!“

Er umarmte und küßte mich. Heute noch brennt sein Kuß auf meinem Angesicht.“

Bei diesen Worten berührte Golubtschik mit dem Finger seine rechte Backe.

„Einige Zeit später wurde ich nach Petersburg versetzt. Ihr wißt nicht, was für eine Bedeutung solch eine Versetzung hatte. Man war unmittelbar dem gewaltigsten Mann Rußlands, dem Oberbefehlshaber der Ochrana unterstellt. Von ihm hing das Leben des Zaren selbst ab. Mein Vorgesetzter war kein geringerer als der Graf W., ein Pole, heute noch traue ich mich nicht, seinen Namen auszusprechen. Er war ein ungewöhnlicher Mensch. Alle, die wir in seine Dienste traten, mußten in seinem Zimmer vor ihm einen neuen Eid leisten. Ein mächtiges silbernes Kruzifix ragte zwischen zwei gelben Wachskerzen vom schwarzen Schreibtisch empor. Schwarze Vorhänge verhüllten die Tür und die Fenster. Hinter dem Schreibtisch, auf einem unverhältnismäßig hohen schwarzen Sessel, saß der Graf, ein kleines Männchen, mit einem kahlen, von Sommersprossen übersäten Schädel, mit fahlen, blassen Augen, die an getrocknete Vergißmeinnicht-Blumen erinnerten, mit dürren Ohren wie aus gelblicher Pappe, mit starken Backenknochen und einem halboffenen Mund, der große gelbe Zähne sehen ließ. Dieser Mann kannte jeden einzelnen von uns Beamten der Ochrana genau, er überwachte jeden unserer Schritte, obwohl er niemals sein Büro zu verlassen schien. Er war uns allen unheimlich, und wir fürchteten ihn mehr, als wir selbst gefürchtet wurden im Lande. Wir schworen eine lange Eidesformel vor ihm, in seinem verzauberten Zimmer, und bevor wir ihn verließen, sagte er immer zu jedem von uns: „Also, achtgeben! Kind des Todes! – Ist dir dein Leben lieb?" – Darauf antwortete man: „Jawohl, Exzellenz!" – und man war entlassen. Eines Tages wurde ich zu seinem Sekretär gerufen, der mir mitteilte, daß meiner und noch mehrerer meiner Kameraden eine besondere Aufgabe harre. Der große Schneider aus Paris, der Herr Charron nämlich – ich hörte den Namen zum erstenmal –, sei nach Petersburg eingeladen. Er wolle in einem der Petersburger Theater seine neuen Modelle vorführen. Einige Großfürsten interessierten sich für die Mädchen. Einige Damen aus der allerhöchsten Gesellschaft interessierten sich für die Kleider. Nun aber gelte es, so sagte der Sekretär, eine ganz besondere Art von Dienst einzurichten. Weiß man vielleicht, wer sich unter den Mädchen befindet, die jener Herr Charron mitbringen will? Können sie nicht Waffen, Bomben, unter ihren Kleidern verbergen? Und wie leicht hätten sie es! Sie kleiden sich natürlich immer wieder um, sie gehen von den Bühnen ab in ihre Loge, kommen wieder zurück, und ein Unglück ist bald geschehen. Herr Charron hat fünfzehn Mädchen angekündigt. Wir brauchen also fünfzehn Mann. Vielleicht werden sogar die Gesetze der üblichen Schamhaftigkeit dabei verletzt. Das müssen wir in Kauf nehmen. Ob ich dieses arrangieren und kommandieren wolle, fragte mich der Sekretär.

Diese besondere, ihr gebt zu, ziemlich ungewöhnliche Aufgabe, meine lieben Freunde, erfüllte mich mit Freude. Ich sehe jetzt, daß ich nicht umhinkann, mit euch von ganz vertraulichen Dingen zu sprechen. Ich muß euch also gestehen, daß ich bis zu jener Stunde niemals wirklich verliebt gewesen war, wie es so bei jungen Männern der Fall zu sein pflegt. Meine Beziehungen zu Frauen beschränkten sich darauf, daß ich, außer jener Zigeunerin, die mir mein Freund Lakatos verschafft hatte, nur ein paarmal in den sogenannten Freudenhäusern Mädchen sozusagen besessen und bezahlt hatte. Obwohl ich von Beruf schon verpflichtet und auch geeignet war, die Welt zu kennen, war ich damals doch noch jung genug, um mir, lediglich bei der Vorstellung, ich würde sogenannte

Modelle aus Paris zu überwachen haben, einzubilden, ich sei auserwählt, ganz exquisite Damen der großen Pariser Welt in ihrer prachtvollen Nacktheit zu bespähen, vielleicht auch, sie zu „besitzen". Ich sagte sofort, ich sei bereit, und ging daran, mir meine vierzehn Mitarbeiter auszusuchen. Es waren die elegantesten und jüngsten Burschen unserer Sektion.

Der Abend, an dem der Pariser Schneider mit seinen Modellen und unzähligen Koffern in Petersburg anlangte, brachte uns nicht wenig Pein. Wir waren also am Bahnhof, fünfzehn im ganzen, und es schien damals dennoch jedem einzelnen von uns, als wären wir fünf oder gar nur zwei. Unser allmächtiger Befehlshaber hatte uns den Auftrag gegeben, besonders scharf achtzugeben; und all dies lediglich wegen eines Schneiders. Wir mischten uns unter die vielen Leute, die ihre Angehörigen am Bahnhof erwarteten. In jener Stunde war ich überzeugt, daß ich eine großartige und wichtige Aufgabe erfüllte. Ich hatte nichts weniger zu tun, als, wer weiß, vielleicht dem Zaren das Leben zu retten.

Als der Zug eintraf und der weltberühmte Schneider ihm entstieg, sah ich sofort, daß sich unser allmächtiger Befehlshaber geirrt hatte. Dies war kein Mann, der im Verdacht stehen konnte, Attentate zu begehen. Er sah wohlgenährt aus, eitel und harmlos, und zeigte sich heftig bemüht, größtes Aufsehn zu erregen. Kurz und gut: es war kein „subversives Individuum". Er war ziemlich groß gewachsen, aber infolge seiner seltsamen Kleidung schien er eher klein, sogar kurz zu sein. Denn seine Kleidungsstücke flatterten rings um ihn, statt ihn zu bedecken, und sie paßten ihm gar nicht, als hätte er sie von irgendeinem Freunde geschenkt bekommen. Er aber hatte sie sich selber ausgedacht, und deshalb erschien er uns, jedenfalls mir, sozusagen doppelt verkleidet. Ich wunderte mich darüber, daß der Hof des Zaren einen solch verkleideten Schneider aus Paris nach Petersburg bestellt hatte; und damals begann ich auch, zum erstenmal, an der Sicherheit zu zweifeln, an der Sicherheit der Herren, der großen Herren, zu deren Gesellschaft ich so gerne gehört hätte. Bis zu diesem Augenblick hatte ich geglaubt, die großen Herrschaften könnten sich gar niemals irren und könnten niemals einen Komödianten nach Petersburg bestellen, damit er ihren Damen die Moden diktiere, die man in Rußland zu tragen habe. Aber nun sah ich es mit eigenen Augen. Der Schneider kam mit einem großen Gefolge an, und nicht nur mit einem weiblichen, was ja zu erwarten gewesen wäre. Nein! – er hatte auch ein paar junge Männer mitgebracht, junge, großartige Männer aus Paris, lauter elegante Leute, ausgestattet mit seidenen Krawatten und flotten Bewegungen. Sie hüpften freudig und leichtsinnig von den Trittbrettern der Waggons, nicht unähnlich verkleideten Spatzen oder Zeisigen, und wenig hätte gefehlt, und sie hätten zu zwitschern angefangen. In der Tat erschien mir die lärmende und fröhliche Art, in der sie miteinander sofort, unmittelbar nach ihrer Ankunft, zu reden anfingen wie eine sorglose und leichtfertige Unterhaltung zwischen menschenähnlichen Vögeln oder gewissermaßen gefiederten Menschen. Sie warteten eine Weile vor den Trittbrettern, hielten die Arme ausgestreckt und empfingen die fünfzehn Mädchen, die nach ihnen auszusteigen begannen, zierlich und umständlich und mit so ängstlichen Gesichtern und Bewegungen, als hätten sie nicht auf einen Bahnsteig zu treten, sondern sich in einen fürchterlichen Abgrund zu stürzen.

Unter den aussteigenden Frauen gefiel mir eine besonders. Sie trug, wie alle Mädchen, die der Schneider mitgebracht hatte, eine Nummer. Denn alle hatten an ihrer linken Brust eine Zahl, in roter Farbe auf blauem Grund gemalt, auf sauberen, viereckigen Seidenlätzchen. Aber es sah aus, als wären diese Ziffern eingebrannt, wie man Pferden oder Kühen Zeichen einbrennt. Obwohl sie alle so munter waren, taten sie mir unendlich leid: Ich hatte Mitleid mit ihnen, besonders aber mit jener, die mir sofort, auf den ersten Blick, gefallen hatte. Sie trug die Nummer 9 und hieß, wie ich hörte: Lutetia. Aber aus den Pässen, die ich gleich darauf im Paßbüro der Bahnhofspolizei durchsah, ergab sich, daß sie eigentlich Annette hieß, Annette Leclaire, und – ich weiß nicht, warum – dieser Name rührte mich besonders.

Es ist bei dieser Gelegenheit vielleicht nötig, euch ein zweitesmal zu versichern, daß ich vorher nie eine Frau wirklich geliebt hatte, das heißt, daß ich die Frauen noch gar nicht kannte. Ich war jung und kräftig, und gleichgültig war mir keine; aber mein Herz war keineswegs bereit, meinen Sinnen zu gehorchen. Und so stark meine Sehnsucht auch war, fast alle zu „haben“, so stark war doch auch meine Überzeugung, daß ich nicht imstande sein könnte, auch nur einer einzigen von ihnen anzugehören. Und dennoch sehnte ich mich, wie es ja die Art der jungen Männer sein muß, nach der einzigen Frau, das heißt, eigentlich nach einer einzigen, die meine Sehnsucht und mein Heimweh nach allen zu stillen imstande gewesen wäre. Zugleich ahnte ich, daß es wahrscheinlich dergleichen Frauen nicht geben konnte, und ich erwartete, eben wie es die Art der jungen Männer ist, das sogenannte Wunder. Dieses Wunder schien mir nun eingetroffen zu sein, in dem Augenblick, in dem ich Lutetia, die Nummer 9, erblickte. Wenn man, wie ich damals, ein junger Mensch voll von der Erwartung des Wunders ist, verfällt man allzuschnell dem Glauben, es sei bereits eingetroffen.

Ich verliebte mich also, wie man so zu sagen pflegt, auf den ersten Blick in Lutetia. Gar bald schien es mir, sie trüge ihre Nummer wie ein Schand- und Brandmal, und auf einmal erfüllte mich ein Haß gegen diesen exquisiten Schneider, der von den allerhöchsten Herrschaften eingeladen worden war, seine unglücklichen Sklavinnen vorzuführen. Selbstverständlich schien mir von all diesen unglücklichen Sklavinnen das Mädchen Lutetia mit der Nummer 9 die unglücklichste zu sein. Und als wäre der nichtswürdige, aber keineswegs verbrecherische Modeschneider in der Tat ein Sklavenhalter oder Mädchenhändler gewesen, begann ich, über die Mittel nachzusinnen, mit denen es mir gelingen könnte, das Mädchen 9 von ihm zu erretten. Ja, ich sah in dem Umstand, daß man mich dieses Schneiders wegen nach Petersburg geschickt hatte, einen besonderen „Wink des Schicksals“. Und ich war entschlossen, Lutetia zu retten.

Ich habe vielleicht vorhin vergessen zu erzählen, weshalb die Polizeibehörde eines ungewöhnlichen, aber immerhin unverdächtigen Schneiders wegen derartige Vorsichtsmaßregeln angeordnet hatte. Eine oder zwei Wochen vorher hatte man nämlich auf den Gouverneur von

Petersburg ein Attentat versucht. Mißlungene Attentate pflegten, wie ihr alle wissen werdet, in unserem alten Rußland eine viel schrecklichere Wirkung auszuüben als gelungene. Gelungene Attentate waren gewissermaßen unwiderrufliche Gottesurteile. Denn, meine Freunde, man glaubte in jener Zeit noch an Gott, und man war sicher, daß nichts ohne seinen Willen geschehe. Aber, sozusagen, um dem Allmächtigen vorzugreifen, bevor er noch die Gelegenheit haben könnte, jemanden von den hohen Herrschaften umzubringen, traf man, wie man so zu sagen pflegt, sogenannte Vorsichtsmaßregeln. Es waren törichte, manchmal sogar unsinnige Vorsichtsmaßregeln. Man gab uns den Auftrag, die armen, hübschen Mädchen besonders scharf zu beobachten, in den Pausen, während sie sich umzukleiden hatten, und auch in ihrem privaten Leben tagsüber im Hotel. Wir hatten den Auftrag, die Männer zu beaufsichtigen, mit denen die Mädchen, aller Voraussicht nach, zu tun haben würden, und also waren wir in jenen Tagen eigentlich keine Polizei mehr, sondern eine Art von Gouvernanten. Mich aber beschämte diese Aufgabe keineswegs, sie machte mich sogar heiter. Was alles hätte ich damals, in den ersten glücklichen Stunden meiner Liebe, nicht für heiter angesehen? Mein Herz: Ich fühlte, daß ich es bis jetzt verleugnet hatte. Seit dem Augenblick, in dem die Liebe darin eingezogen war, glaubte ich, erfahren zu haben, daß es noch da war, mein Herz, und daß ich es bis zu dieser Stunde nur verleugnet und geschmäht und vergewaltigt hatte. Ja, es war, meine Freunde, ein unausprechlicher Genuß, zu fühlen, daß ich noch ein Herz besaß, und mein Verbrechen, es verunstaltet zu haben, zu erkennen. Ganz genauso, wie ich es jetzt darstelle, wußte ich das aber damals noch nicht. Aber ich fühlte schon damals, daß die Liebe anfing, mich gewissermaßen zu erlösen, und daß sie mir das große Glück bescherte, mit Leiden, mit Freude und sogar mit Genuß erlöst zu werden. Die Liebe nämlich, meine Freunde, macht uns nicht blind, wie das unsinnige Sprichwort behauptet, sondern, im Gegenteil, sehend. Ich erkannte plötzlich und dank einer sinnlosen Liebe zu einem gewöhnlichen Mädchen, daß ich bis zu dieser Stunde schlecht gewesen war, und auch, in welchem Grade ich schlecht gewesen war. Ich weiß, seit jener Zeit, daß der Gegenstand, der in menschlichen Herzen Liebe erweckt, gar keine Bedeutung hat im Vergleich zu der Erkenntnis, die uns die Liebe beschert. Wen und was immer man liebt: der Mensch wird dabei sehend und keineswegs blind. Ich hatte bis zu dieser Stunde niemals geliebt; wahrscheinlich deshalb also war ich ein Verbrecher, ein Spitzel, ein Verräter, ein Schurke geworden. Noch wußte ich nicht, ob mich das Mädchen lieben würde. Aber allein schon die Gnade, daß ich imstande gewesen war, mich so plötzlich auf den ersten Blick zu verlieben, machte mich meiner selbst sicher und schuf mir zugleich Gewissensbisse wegen meiner schändlichen Handlungen. Ich versuchte, dieser Gnade einer jähen Verliebtheit würdig zu werden. Auf einmal sah ich die ganze Niedertracht meines Berufes, und er ekelte mich. Ich begann damals zu büßen, es war der Anfang der Buße. Ich wußte damals noch nicht, um wieviel mehr ich später noch zu büßen haben sollte.

Ich beobachtete das Mädchen, das man Lutetia nannte. Ich beobachtete es, längst nicht mehr als ein Polizist, sondern als ein eifersüchtiger Liebhaber, längst nicht mehr von Berufs wegen, sondern von Herzens wegen sozusagen. Und es verschaffte mir eine ganz besondere Wollust, es zu beobachten und auch zu wissen, in jedem Moment, daß ich eine wirkliche Macht über sie hatte. So grausam, meine Freunde, ist die menschliche Natur. Selbst dann noch, wenn wir eingesehen haben, daß wir schlecht gewesen waren, bleiben wir schlecht. Menschen sind wir, Menschen! Schlecht und gut! Gut und schlecht! Nichts anderes als Menschen.

Ich litt wahre Höllenqualen, während ich das Mädchen beobachtete. Ich war eifersüchtig. Jeden Augenblick zitterte ich, ein anderer, einer meiner Kollegen, könnte durch einen Zufall den Auftrag bekommen, Lutetia statt meiner zu überwachen. Ich war damals jung, meine Freunde! Wenn man jung ist, kann es vorkommen, daß die Eifersucht am Beginn der Liebe steht; ja, man kann glücklich sein, mitten in der Eifersucht, und gerade durch die Eifersucht. Das Leid macht uns genauso selig wie die Freude. Fast kann man das Glück vom Leid nicht unterscheiden. Die wahre Fähigkeit, Glück vom Leid zu unterscheiden, kommt erst im Alter. Und dann sind wir bereits zu schwach, um das Leid zu meiden und das Glück zu genießen.

In Wirklichkeit – sagte ich es schon? – hieß die Geliebte meines Herzens natürlich nicht Lutetia. Es erscheint euch vielleicht ohne Bedeutung, daß ich es erwähne, für mich aber bedeutete es viel, daß sie zwei Namen trug, einen echten und einen falschen. Ich behielt lange Zeit ihren Paß in der Tasche. Ich brachte den Paß ins Polizeibüro, schrieb selbst die Daten ab, ließ, wie es bei uns üblich war, das Photo noch einmal aufnehmen, nahm zwei Kopien an mich und verwahrte sie in einem besonderen Umschlag. Beide Namen bezauberten mich, jeder in einer anderen Weise. Beide Namen hatte ich zum erstenmal gehört. Es ging vom echten Namen ein sehr warmer, geradezu ein inniger Glanz aus und ein prächtiger, geradezu kaiserlicher vom Namen Lutetia. Es war beinahe, als liebte ich zwei Frauen statt einer einzigen, und da sie beide eins waren, war es mir, als müßte ich die eine doppelt lieben. An den Abenden, an denen die Mädchen die Kleider des mondänen Schneiders – in den Zeitungen nannte man sie die „Schöpfungen" oder gar die „genialen Schöpfungen" – im Theater vorführten, mußten wir in den Ankleidezimmern der Damen stehn. Der Schneider erhob einen gewaltigen Protest dagegen. Er ging zu der Witwe des Generals Portschakoff, die um jene Zeit eine große Rolle in der Petersburger Gesellschaft spielte und die allein ihn eigentlich veranlaßt hatte, nach Rußland zu kommen. Die Generalin war trotz ihrer berühmten, bedeutenden Korpulenz unheimlich eilfertig. Sie besaß die erstaunliche Fähigkeit, an einem einzigen Vormittag zwei Großfürsten, den General-Gouverneur, drei Advokaten und den Intendanten der kaiserlichen Oper aufzusuchen, um sich über die Verfügung unserer Polizei zu beschweren. Aber, meine Freunde, was nutzte unter gewissen Umständen in unserem alten, lieben Rußland eine Beschwerde gegen eine Verfügung? Der Zar selbst hätte nichts ausgerichtet – er vielleicht am wenigsten.

Natürlich wußte ich von all den Unternehmungen der beflissenen Generalswitwe. Ich bezahlte sogar von meinem Gehalt einen Schlitten, um ihr überallhin folgen zu können, und, ebenfalls aus meiner Tasche,

Trinkgelder für die Diener und Lakaien, die mir den Inhalt der Unterredungen in all den Häusern überbrachten. Ich verfehlte nicht, meine Erfahrungen sofort meinem Chef mitzuteilen. Ich wurde belobt, aber ich schämte mich, dieses Lob zu hören. Ich arbeitete, meine Freunde, nicht mehr für die Polizei. Ich stand in höheren Diensten; ich stand in den Diensten meiner Leidenschaft.

Ich war wohl in jenen Tagen der geschickteste von allen Beamten, denn ich besaß die Fähigkeit, nicht nur schneller zu sein als die eilfertige Generalin, sondern auch zugleich die sonderbare Fähigkeit, an allen Orten fast gleichzeitig zu erscheinen. Ich war damals imstande, nicht nur Lutetia, sondern auch die Generalin und den berühmten Schneider fast gleichzeitig zu überwachen. Nur einen sah ich nicht, meine Freunde, nur einen nicht: Ihr werdet bald hören, um wen es sich handelt. Ich sah also eines Tages, wie der berühmte Schneider, in einen weiten Pelz gehüllt, den er sich noch in Paris hatte bestellen lassen – denn es war kein russischer Pelz, sondern einer, wie man sich in Paris einen russischen Pelz vorstellt –, ich sah also, wie er in einer Art weiblicher Kapotte aus Persianer, mit einer Kapuze aus Blaufuchs, an der eine silberne Troddel hing, einen Schlitten bestieg und zur Generalin fuhr. Ich folgte ihm, erreichte noch vor ihm den Flur, nahm ihm den merkwürdigen Pelz ab – denn der Portier war seit einigen Tagen mein Freund geworden – und wartete im Vorzimmer. Die rüstige Generalswitwe erstattete ihm einen niederschmetternden Bericht. Es gelang mir auch, ihn zu erlauschen. Alle ihre Unternehmungen waren vergeblich gewesen. Ich lauschte mit Wollust. Gegen die Ochrana, also gegen mich gewissermaßen, konnte kein Großfürst etwas ausrichten, nicht einmal ein jüdischer Advokat. Aber es gab, wie ihr wißt, im alten Rußland drei unfehlbare Mittel – und die verriet sie ihm auch: Geld, Geld, Geld.

Der Schneider war bereit, Geld zu zahlen. Er verabschiedete sich, zog wieder seinen sonderbaren Pelz an und stieg in den Schlitten.

Am ersten Abend, an dem die Vorführung seiner „Schöpfungen" stattfand, erschien er auch, freundlich, rundlich und doch zugleich vierschrötig, strahlend und in einem Frack mit weißer Weste, an der wunderliche rote Knöpfchen leuchteten, die an Marienkäferchen erinnerten; hinter den Kulissen, vor den Garderoben seiner Mädchen erschien er. Ach, er war unfähig, auch nur den Miserabelsten unter uns zu bestechen! Mit den Silbermünzen klimperte er in seinen weiten Frackhosentaschen wie ein Mönch mit einem Klingelbeutel, und trotz seiner ganzen Pracht sah er weniger aus wie einer, der bestechen will, denn wie einer, der um Almosen bittet. Selbst der Verwerflichste unter uns hätte nicht vermocht, von dem Schneider Geld anzunehmen. Es war klar: Mit Großfürsten konnte er vielleicht besser verkehren als mit Spitzeln. Er verschwand. Wir gingen in die Garderoben.

Ich zitterte. Wenn ich euch sage, daß ich damals Angst, wirkliche Angst empfand, zum erstenmal in meinem Leben die hohläugige Angst, werdet ihr mir aufs Wort glauben. Ich hatte Angst vor Lutetia, Angst vor meiner Begierde, sie im Hemd zu sehn, Angst vor meiner Wollust, Angst vor dem Unbegreiflichen, dem Nackten, dem Willenlosen, Angst vor meiner eigenen Übermacht. Ich wandte mich um. Ich kehrte ihr den Rücken zu, während sie sich umkleidete. Sie lachte mich aus. Während ich ihr also angstvoll den Rücken zukehrte, mochte sie wohl, mit dem hurtigen Instinkt der Frauen, der die Furcht und die Ohnmacht der verliebten Männer zuallererst wittert, erkannt haben, daß ich einer der unschädlichsten Spitzel des großen Zarenreiches sei. Aber was rede ich von Instinkt! Sie wußte doch wohl, daß es meine Aufgabe war, sie genau und sogar scharf zu beobachten, und sie sah doch, daß ich mich umgewandt und mich ihr also preisgegeben hatte! Schon war ich ihr ausgeliefert! Schon hatte sie mich durchschaut! Ach, meine Freunde, es ist besser, sich einem erklärten Feind auszuliefern, als eine Frau wissen zu lassen, daß man sie liebt. Der Feind vernichtet euch schnell! – Die Frau aber – ihr werdet bald sehen, wie langsam, wie mörderisch langsam ...

Gut! Ich stand also da, mit dem Angesicht zur Tür, und betrachtete die weiße, langweilige Klinke, als hätte ich den Auftrag erhalten, diesen harmlosen Gegenstand zu bewachen. Es war, ich erinnere mich genau, ein gewöhnlicher Klinkenknopf aus Porzellan. Nicht einmal ein Sprung war an ihm zu entdecken. Das dauerte lange. Indessen sang, flötete, pfiff und zwitscherte die Geliebte meines Herzens hinter meinem Rücken – und vor dem Spiegel, wie ich erriet – ebenso unbekümmerte wie liederliche Weisen, und heller Hohn war in ihrem Singen, in ihrem Flöten, in ihrem Pfeifen, in ihrem Zwitschern. Lauter Hohn! … Auf einmal klopfte es an der Tür. Ich wandte mich sofort um und sah natürlich Lutetia. Sie saß vor dem ovalen, goldumrahmten Spiegel und versuchte, mit einer immensen Puderquaste, ihren Rücken zu pudern. Sie war bereits angekleidet. Sie trug ein schwarzes Kleid, der Rücken zeigte einen dreieckigen Ausschnitt, an den Rändern mit blutroten Samtstreifen eingesäumt, und sie versuchte, mit der rechten Hand, mit der übergroßen Quaste, ihren Rücken zu erreichen, um ihn zu pudern. Mehr noch, als mich ihre Nacktheit verwirrt hätte, blendete mich in diesem Augenblick der beinahe höllische – ich finde keinen andern Ausdruck –, also der beinahe höllische Zusammenhang dieser Farben. Seit jenem Augenblick glaube ich zu wissen, daß die Farben der Hölle, in die ich gewiß einmal gelangen werde, aus Schwarz, Weiß und Rot bestehen; und an manchen Stellen, an den Wänden der Hölle zum Beispiel, wird hie und da der dreieckige Ausschnitt eines Frauenrückens sichtbar; die Puderquaste auch.

Ich erzähle all dies zu lang, und es dauerte doch nur einen Augenblick. Bevor noch Lutetia Herein! rufen konnte, ging die Tür auf. Und ehe ich mich noch umgesehen hatte, begann ich schon zu ahnen, wer der Ankömmling war. Ihr werdet es erraten, meine Freunde! Wer war es? – Es war mein alter Freund, mein alter Freund Lakatos!

„Guten Abend!“ sagte er auf russisch. Hierauf begann er eine längere französische Ansprache an Lutetia. Ich verstand sehr wenig. Mich schien er nicht erkannt zu haben oder nicht erkennen zu wollen. Lutetia wandte sich um und lächelte ihm zu. Sie sagte ein paar Worte, lächelte weiter, halb im Sessel umgewandt, die große Quaste in der Hand, ich sah sie doppelt, ihr lebendiges Bild und das Spiegelbild. Lakatos näherte sich ihr, er hinkte immer noch sichtlich. Er trug einen Frack und Lackstiefel, und eine rote Blume unbekannter Art loderte in seinem Knopfloch. Was mich betrifft, so war ich beinahe wie ausgelöscht. Ich hatte das sichere Gefühl, daß ich weder für Lutetia noch für Lakatos ein lebendiger Mensch sei. Fast hätte ich selbst an meiner Anwesenheit in dieser Garderobe gezweifelt, wenn ich nicht genau gesehen hätte, wie Lakatos seine Frackärmel emporzog – seine Manschetten schepperten leise – und wie er die Puderquaste aus Lutetias Händen mit zwei spitzen Fingern entgegennahm. Und als machte er sich daran, nicht etwa den Rücken einer Frau mit Puder zu bestreuen, sondern einen ganz neuen Frauenrücken zu formen, begann er, mit beiden Händen unbegreifliche Kreise in der Luft zu zeichnen, hierauf, sich zu bücken, dann, sich auf die Zehenspitzen zu stellen und den ganzen Körper zu recken, um endlich, endlich den Rücken Lutetias mit der Quaste zu berühren. Er bestrich den Rücken geradezu, wie man zum Beispiel eine Mauer tüncht. Es dauerte lange, und Lutetia lächelte – ich sah ihr Lächeln im ovalen Spiegel. Endlich wandte sich Lakatos mir zu und so selbstverständlich, als wenn er mich vorher begrüßt und erkannt hätte, sagte er mir jetzt: „Nun, alter Freund, Sie auch hier?" – Und er steckte dabei die Hand in die Hosentasche. Es klimperte und klingelte darin von Silber- und Goldmünzen. Ich kannte den Klang.

„So müssen wir uns wiederfinden!" sprach er weiter. – Ich antwortete nichts. Endlich, nach einem längeren Schweigen, fragte er: „Wie lange noch wollen Sie diese Dame belästigen?"

„Ich belästige sie gegen meinen Willen" sagte ich. „Ich habe hier Dienst!"

Er hob beide Arme gegen den Plafond und rief: „Dienst! Dienst hat er!" Und wandte sich dann gegen Lutetia und sagte etwas leise auf französisch.

Er winkte mich heran, an den ovalen Spiegel, nahe zu Lutetia, und sagte: „Alle Ihre Kollegen sind fort. Alle Damen bleiben unbehelligt. Verstanden?"

„Ich habe Dienst!" erwiderte ich.

„Ich habe sie alle bestochen!" sagte Lakatos. „Alle Damen sind unbehelligt! Wieviel verlangen Sie?"

„Gar nichts!"

„20, 40, 60?"

„Nein!“

„100?“

„Nein!“

„Ich habe den Auftrag, nicht weiterzugehn.“

„Gehn Sie selbst!“ sagte ich.

In diesem Augenblick ertönte das Klingelzeichen. Lutetia verließ die Garderobe.

„Du wirst es bereuen!“ sagte Lakatos. – Er ging hinter Lutetia einher, und ich blieb einen Augenblick verwirrt und beklommen zurück. Es roch betäubend nach Schminke, Parfüm, Puder und Frau. Ich hatte vorher nichts von all diesen Gerüchen gespürt; oder ich hatte sie nicht gemerkt; was weiß ich? Auf einmal aber überfiel mich dieser vielfältige Geruch wie ein süßlicher Feind, und es war, als hätte ihn nicht Lutetia hinterlassen, sondern mein Freund Lakatos. Es war, als hätten vorher, bevor er angekommen war, die Parfüms, die Schminke, der Puder, die Frau gar nicht gerochen, sondern als hätte erst Lakatos alle diese Gerüche zum Leben erweckt.

Ich verließ die Garderobe. Ich sah im Korridor nach. Ich sah eine Bühnengarderobe nach der andern. Ich fand meine Kollegen nirgends. Ausgelöscht waren sie, verschwunden, verschlungen. Zwanzig, vierzig, sechzig oder hundert Rubel hatten sie genommen.

Ich stand hinter den Kulissen, zwischen den zwei diensthabenden Feuerwehrleuten, und ich sah seitwärts einen Teil des erlesenen und sogar durchlauchten Publikums, das sich hier versammelt hatte, um einen lächerlichen Schneider aus Paris zu begrüßen, und das sich zugleich vor seinen armseligen Mädchen fürchtete, die man „Modelle“ nannte. Dermaßen war also die große Welt beschaffen – dachte ich bei mir –, daß man einen Schneider bewundert und fürchtet zugleich. Und Lakatos? Woher kam er? Welcher Wind hatte ihn hierhergetrieben? Er machte mir angst. Ich fühlte deutlich, daß ich in seiner Gewalt war, ich hatte ihn längst vergessen, und er machte mir deshalb doppelte Angst. Das heißt:

ich hatte ihn eigentlich niemals ganz vergessen; ich hatte ihn nur verdrängt, hinausgedrängt aus meinem Gedächtnis, aus meinem Bewußtsein. Also bekam ich doppelte Angst, oh, keine gewöhnliche, meine Freunde, so etwa, wie man Angst hat vor Menschen! Erst in dieser Stunde und an dieser sonderbaren Art meiner Furcht erkannte ich eigentlich, wer Lakatos war. Ich erkannte es, aber es war, als hätte ich auch noch Angst vor meiner eigenen Erkenntnis und als müßte ich um jeden Preis trachten, vor mir selber gewissermaßen diese Erkenntnis zu verbergen. Es war, wie wenn ich verurteilt wäre, eher gegen mich selbst zu kämpfen und mich vor mir selbst zu wehren, als gegen ihn zu kämpfen und mich vor ihm zu wehren. Dermaßen, meine Freunde, erliegt ein Mensch der Verblendung, wenn es der große Verführer will. Man fürchtet sich gar gewaltig vor ihm, aber man vertraut ihm viel mehr als sich selbst.

Während der ersten Pause stand ich wieder in der Garderobe Lutetias. Ich redete mir ein, es sei selbstverständlich meine Pflicht. In Wirklichkeit aber war es ein merkwürdiges Gefühl, gemischt aus Eifersucht, Trotz, Verliebtheit, Neugier – was weiß ich? Noch einmal erschien Lakatos, während Lutetia sich umkleidete und während ich, genau wie vorher, mit dem Rücken zu ihr stand und die Tür anstarrte. Obwohl ich ihm eigentlich den Weg versperrte, schien er mich ebensowenig zu beachten, als wäre ich kein Mensch, sondern etwa ein Kleiderkasten. Mit einem einzigen, eigentlich eleganten, rundlichen Schwung seiner Schultern und seiner Hüften wich er mir aus. Schon stand er hinter dem Rücken Lutetias, und so, daß sie ihn im Spiegel sehen mußte, vor dem sie eben saß. Sein Eintritt erzürnte mich dermaßen, daß ich sogar meine Scham überwand und meine Liebe vergaß und mich prompt umwandte. Da sah ich, wie Lakatos drei Finger an den gespitzten Mund legte, eine Art Luftkuß gegen das Spiegelbild der Frau abfeuerte. Dabei sagte er ununterbrochen ein und dasselbe französische Wort: „Oh, mon amour, mon amour, mon amour!“ Das Spiegelbild Lutetias lächelte. Im nächsten Augenblick – ich begriff nicht, ich begreife auch heute noch nicht, wie es geschah – legte Lakatos einen großen Strauß dunkler Rosen auf den Tisch vor dem Spiegel – und ich hatte ihn doch mit leeren Händen eintreten sehen! Lutetias

Spiegelbild nickte leicht. Lakatos schickte noch einen Handkuß ab, wandte sich um, und mit der gleichen rundlichen Schleife, mit der er mir vorher beim Eintritt ausgewichen war, schwang er sich gleichsam um mich herum und verließ das Zimmer.

Nachdem ich mit eigenen Augen gesehen hatte, daß man Blumensträuße, die vorher nicht vorhanden gewesen waren, plötzlich hervorzaubern könne, war sozusagen auch meine berufliche Furcht rege geworden, neben meiner privaten. Wie untrennbare, zusammengewachsene Zwillinge hockten sie in meiner Brust, die beiden Ängste. Gelang es einem Menschen, vor meinen Augen einen Strauß zu erschaffen, aus dem Nichts, so konnte es Lutetia oder auch Lakatos ebenso gelingen, eine jener Bomben mit nackten Händen herzustellen, vor denen meine Vorgesetzten und ihre Auftraggeber sich so fürchteten. Begreifen Sie, ich hatte nicht etwa Sorge um das Leben des Zaren oder der Großfürsten oder des Gouverneurs. Was gehen mich je die Großen dieser Welt an, und was kümmerten sie mich besonders in jenen Tagen! Nein, ich zitterte einfach vor der Katastrophe, vor der nackten Katastrophe allein, obwohl ich noch nicht wußte, welche Gestalt und welches Gesicht sie tragen würde. Unausweichlich erschien sie mir. Unausweichlich schien mir Lakatos ihr Urheber zu sein, ja, ihr Urheber sein zu müssen. Ich war nie sehr gläubig von Natur gewesen, und ich zerbrach mir nicht den Kopf über Gott und den Himmel. Aber jetzt begann ich, eine Ahnung von der Hölle zu bekommen – und ähnlich, wie man erst bei einem Brand nach der Feuerwehr zu rufen beginnt, fing ich in jenen Tagen an, sinnlose, unzusammenhängende, aber sehr innige und heiße Gebete zu dem unbekannten Herrn der Welt emporzuschicken. Sie nutzten mir wenig, offenbar, weil ich noch zu wenig Prüfungen erfahren hatte. Ganz andere harrten noch meiner.

Ich begann, meine Aufmerksamkeit zu verdoppeln. Zehn Tage sollte der Schneider aus Paris bei uns bleiben, aber nach drei Tagen schon hieß es, seine Toiletten, oder besser: „Schöpfungen“, hätten den Damen unserer Gesellschaft dermaßen gefallen, daß man seinen Aufenthalt noch um weitere zehn zu verlängern gedenke. Welch eine frohe und zugleich welch eine verwirrende Kunde, die ich da vernahm! Ich bekam den Auftrag, das seinerzeit bekannte Haus der Frau Lukatschewski zu überwachen, bei der sich damals die Offiziere der Garnison nach Mitternacht zu versammeln pflegten. Ich kannte es wohl, von Berufs wegen, aber nur dem Äußeren nach. Sein Inneres hatte ich noch nie gesehen. Ich bekam sogar einen sogenannten Spesenbeitrag von dreihundert Rubeln und einen sogenannten Dienstfrack, wie ihn je drei unserer Leute von der mondänen Abteilung abwechselnd zu benützen pflegten. Der Frack paßte ganz gut. Einen griechischen Orden, rotumrahmtes Gold an rotem Seidenband, hängte ich um den Hals. Zwei Lakaien der Dame Lukatschewski standen in unsern Diensten. Ich postierte mich um zwölf Uhr vor dem Hause. Nachdem ich so lange gewartet hatte, bis ich annehmen konnte, daß es endlich die Zeit sei, in der man nicht mehr auffiel, ging ich hinein, mit Zylinder, Stock, Theaterpelerine, Orden. Den und jenen der Herren in Uniform und Zivil, über die ich genau unterrichtet war, begrüßte ich wie ein alter Bekannter. Sie lächelten mich an, mit dem fatalen und leeren Lächeln, mit dem man Freund und Feind und Gleichgültigen in der großen Welt begegnet. Eine Weile später gab mir einer unserer Lakaien einen Wink, ihm zu folgen. Ich geriet in eines jener diskreten Zimmer im ersten Stock, von denen ihr nicht wißt, welchen Zwecken sie dienen; nicht etwa der Liebe oder was man so nennt, sondern den Zeugen und den Lauschern, den Zuträgern und den Spitzeln. Man konnte durch eine ziemlich breite Ritze einer dünnen, tapezierten Bretterwand alles sehen und hören.

Und – ich sah, meine Freunde! – ich sah Lutetia, die Geliebte meines Herzens, in der Gesellschaft des jungen Krapotkin. Ach, ich erkannte ihn sofort, es war kein Zweifel! Wie hätte ich ihn auch nicht erkennen sollen! Ich war damals derart verworfen, daß ich schneller imstande war, etwas Gehaßtes wiederzuerkennen als das Geliebte und mir Angenehme. Ja, ich übte mich sozusagen in dieser Beschaffenheit und versuchte, mich in ihr zu vervollkommnen. Ich sah also Lutetia, die Geliebte meines Herzens, in den Armen des Mannes, von dem ich mir früher einmal eingebildet hatte, er sei mein Feind; in den Armen des Mannes, den ich im Verlauf meiner letzten, schmählichen Jahre fast schon vergessen hatte; in den Armen meines verhaßten, falschen Bruders, des Fürsten Krapotkin.

Ihr versteht, meine Freunde, was alles damals in mir vorging: Auf einmal – ich hatte lange nicht mehr daran gedacht – erinnerte ich mich an meinen schimpflichen Namen „Golubtschik“; auf einmal erinnerte ich mich daran, daß ich lediglich der Familie Krapotkin mein elendes Gewerbe zu verdanken hatte; auf einmal glaubte ich, daß gewiß seinerzeit der alte Fürst in Odessa mich ohne Schwierigkeiten anerkannt hätte, wenn nur nicht der Junge mit solch beleidigender Heiterkeit in sein Zimmer gestürzt wäre; auf einmal war die alte, törichte Eitelkeit meiner Jugend wieder wach und die Bitterkeit! Ja, auch die Bitterkeit. Er, er war ja gar nicht der Sohn Krapotkins! Ich aber, ich war es gewiß. Ihm war der Name zugefallen und alles, was dieser Name mit sich brachte: der Ruhm, das Ansehn und das Geld; der Ruhm, das Geld, die große Welt und die erste Frau, die ich liebte.

Ihr begreift, meine Freunde, was das heißt: die erste Frau, die man liebt. Sie vermag alles. Ich war ein Elender, ich hätte vielleicht damals ein guter Mensch werden können. Ich wurde kein guter Mensch, meine Freunde! In jener Stunde, in der ich Krapotkin und Lutetia erblickte, loderte das Böse, dem ich offenbar von Geburt an schon zubestimmt war und das bis jetzt nur sachte in mir geschwelt hatte, als ein offener, großer Brand empor. Mein Untergang war gewiß. Ich wußte damals schon um meinen Untergang, und deshalb eben gelang es mir, die beiden Gegenstände meiner Leidenschaften: den meines Hasses und den meiner Liebe, genau zu beobachten. Niemals sieht man so klar und kalt wie in einer Stunde, in der man vor sich den schwarzen Abgrund fühlt. Ich empfand den Haß und die Liebe zugleich, in meinem Herzen waren sie ebenso innig vereint wie die beiden im Nebenzimmer: Lutetia und Krapotkin. Ebensowenig wie die beiden Menschen, die ich beobachten konnte, bekämpften sich die beiden Empfindungen; sondern sie vereinten sich in einer Wollust, die gewiß noch größer, gewaltiger, sinnlicher war als die fleischliche Vereinigung der beiden.

Ich empfand keinerlei körperliche Begierde, ja nicht einmal Eifersucht; wenigstens nicht Eifersucht in der gewöhnlichen Form, in der sie jeder von uns wahrscheinlich schon gespürt hat, wenn er zusehen mußte, wie ein geliebter Mensch ihm genommen wird, vielmehr, wie sich dieser geliebte Mensch mit Freuden nehmen läßt. Ich war vielleicht nicht einmal erbittert. Ich war nicht einmal rachsüchtig. Vielmehr glich ich einem kalten und objektiven Richter, der etwa die Verbrecher selbst bei der Freveltat beobachten kann, über die er später zu urteilen hat. – Ich fällte jetzt schon das Urteil, es lautete: Tod dem Krapotkin! Ich wunderte mich nur, daß ich so lange gewartet hatte. Ja, ich merkte, daß dieses Todesurteil längst beschlossen, gefertigt und besiegelt in mir gelegen hatte. Es war, ich wiederhole es, keine Rachsucht. Es war, meiner Meinung nach, die natürliche Folge der gewöhnlichen, der objektiven, der sittlichen Gerechtigkeit. Nicht ich allein war das Opfer Krapotkins. Nein! Das gültige Gesetz der sittlichen Gerechtigkeit war sein Opfer. Im Namen des Gesetzes sprach ich mein Urteil: Es lautete auf Tod.

Es lebte damals in Petersburg ein gewisser Angeber namens Leibusch. Es war ein winziger Mann, keine 120 Zentimeter hoch, nicht einmal ein Zwerg, sondern der Schatten eines Zwerges. Er war ein sehr geschätzter Mitarbeiter meiner Kollegen. Ich hatte ihn nur ein paarmal flüchtig gesehen. Um die Wahrheit zu sagen: Ich hatte, obwohl ich selbst, wie man zu sagen pflegt, schon mit allen Wassern gewaschen war, ein wenig Angst vor ihm. Es gab viele gewissenlose Fälscher und Betrüger in unserer Gesellschaft, aber keinen gewissenloseren und flinkeren als ihn. Im Handumdrehn konnte er zum Beispiel den Beweis erbringen, daß ein Verbrecher ein wahres Unschuldslamm sei und ein Unschuldiger ein Attentat auf den Zaren vorbereitet habe. Obwohl ich bereits so tief gesunken war, meine Freunde, hegte ich doch noch die Überzeugung, daß ich nicht aus purer Schlechtigkeit Böses tat, sondern daß mich das Schicksal dazu verurteilt hatte. Unbegreiflicherweise hielt ich mich immer noch sozusagen für einen „guten Menschen“. Ich, ich hatte wenigstens noch das Bewußtsein, daß ich Böses tat und daß ich mich deswegen vor mir selbst entschuldigen müßte. Unrecht hatte man mir zugefügt. Golubtschik hieß ich. Alles Recht, auf das ich von Geburt aus Anspruch hatte, war mir genommen worden. In meinen Augen war damals mein Mißgeschick ein ganz und gar unverdientes Unheil. Ich hatte gewissermaßen ein verbrieftes Recht darauf, böse zu sein. Die anderen aber, die mit mir Böses taten, hatten dieses Recht keineswegs.

Gut, ich suchte also unsern Angeber Leibusch auf. Erst in dem Augenblick, in dem ich ihm gegenüberstand, kam mir alles Schreckliche zum Bewußtsein, das ich vorhatte. Seine gelbliche Hautfarbe, seine rötlich umrandeten Augen, seine großen Pockennarben, seine unmenschlich winzige Gestalt waren beinahe imstande, mich irrezumachen in meinem festen Glauben, ich sei ein Richter und ein Vollstrecker des Gesetzes. Ich hatte einige Hemmungen, bevor ich anfing, mit ihm zu sprechen.

„Leibusch“, sagte ich, „du kannst deine Tüchtigkeit beweisen.“ Wir befanden uns damals in einem der Vorzimmer unseres Chefs. Wir waren allein, wir hockten nebeneinander auf einem giftgrünen Plüschsofa, und mir war's, als wäre es bereits eine Anklagebank; ja, ich saß gerade auf der Anklagebank in der Stunde, in der ich im Begriffe war, zu richten und zu urteilen.

„Was soll ich noch beweisen?“ sagte der Kleine. „Genug habe ich bewiesen!“

„Ich brauche“, sagte ich, „Material gegen einen gewissen.“

„Eine hohe Persönlichkeit?“

„Natürlich!“

„Wer ist es!“

„Der junge Krapotkin!“

„Nicht schwer“, sagte der Winzige, „gar nicht schwer!“

Wie leicht ging das! Der Winzige wunderte sich gar nicht, daß ich Material gegen Krapotkin brauchte. Also hatte man gegen Krapotkin schon längst Material gesammelt. Beinahe kam ich mir sehr großmütig vor, daß ich noch nichts davon gewußt hatte. Fast war es keine Niedrigkeit, die ich eben zu begehen im Begriff war, sondern eine echte richterliche Pflicht.

„Wann?“ fragte ich.

„Morgen um die gleiche Stunde“, sagte der Winzige.

Er besaß wirklich prachtvolles Material. Die Hälfte hätte ausgereicht, einem gewöhnlichen Russen zwanzig Jahre Katorga zu verschaffen. Wir saßen im stillen Hinterzimmer einer Teestube, deren Wirt ich kannte, und blätterten im Material. Es befanden sich darunter Briefe an Freunde, Offiziere und hochgestellte Personen, an bekannte Anarchisten und an verdächtige Schriftsteller und eine Anzahl äußerst überzeugender Photographien. „Hier“, sagte der Winzige, „die und die habe ich gefälscht.“

Ich sah ihn an. In seinem kleinen gelben Gesicht, darin gerade noch Augen, Nase und Mund Platz hatten und in dem die dünnen Wangen schmählich eingefallen waren, veränderte sich gar nichts. In diesem Antlitz hatten die Züge gleichsam keinen Raum, sich zu verändern. Er sagte: „Dies habe ich gefälscht!“ Und: „Dies habe ich gefälscht!“ Und: „Dies habe ich gefälscht!“ Und es bewegte sich kein Zug in seinem Angesicht. Ihm war es offenbar gleichgültig, ob er die Bilder gefälscht hatte oder ob sie echt waren. Bilder waren sie eben. Mehr als Bilder: nämlich Beweise. Da er seit vielen Jahren erfahren hatte, daß die falschen Bilder ebensoviel bewiesen wie die echten, hatte er vollkommen verlernt, diese von jenen zu unterscheiden, und beinahe mit einer kindlichen Einfalt glaubte er, die Fälschungen, die er selbst ausgeführt hatte, seien gar keine Fälschungen. Ja, ich glaube, er wußte gar nicht, er wußte überhaupt nicht mehr, wodurch sich eigentlich eine gefälschte von einer echten Photographie unterscheide, wodurch ein echter Brief von einem gefälschten. Es wäre unrichtig, wollte man diesen Leibusch, diesen Winzigen, etwa zu den Verbrechern zählen. Ein Verworfener war er, schlimmer als ein Verbrecher, böser noch als ich, meine Freunde!

Ich wußte wohl, was ich mit den Briefen und den Bildern anzufangen hatte. Mein Haß hatte einen Sinn. Der Winzige aber war kein Hasser und kein Richter. Alles, was er Böses tat, war sinnlos, der Teufel gebot ihm einfach, Böses zu vollführen. Dumm war er wie ein Gänserich, aber äußerst schlau in der Art, die schwierigen Dinge zu vollbringen, deren Sinn und Zweck er gar nicht verstand. Er verlangte nicht einmal einen kleinen irdischen Vorteil. Er tat alles gleichsam aus Gefälligkeit. Er verlangte von mir kein Geld, kein Versprechen, keine Zusage. Er gab mir das ganze, für mich so wertvolle Material, ohne das Gesicht zu verändern, ohne zu fragen, wozu ich es brauchte, ohne irgend etwas zu verlangen, ja, ohne mich selbst zu kennen. Seinen Lohn hatte er bereits anderswoher bekommen, so schien es.

Nun, was ging es mich an? Ich nahm, was ich brauchte; ich fragte nicht, woher es kam, noch von wem. Ich nahm es eben von dem Winzigen.

Kaum eine halbe Stunde später war ich bei meinem nächsten Vorgesetzten. Und zwei Stunden hierauf verhaftete man den jungen Krapotkin.

Er blieb nicht lange in der Haft, meine Freunde, keineswegs lange. Drei Tage im ganzen. Am dritten Tage wurde ich zu unserm Gewalthaber berufen, und er sagte mir folgendes:

„Junger Mann, ich hätte Sie für klüger gehalten!"

Ich schwieg.

„Junger Mann", fing er wieder an, „erklären Sie mir Ihre Dummheit."

„Euer Durchlaucht", sagte ich, „wahrscheinlich habe ich eine Dummheit begangen – da Euer Gnaden es doch selber sagen. Aber erklären kann ich sie keineswegs."

„Gut", erwiderte Seine Herrlichkeit, „ich werde sie dir erklären: Verliebt bist du eben. Und ich erlaube mir bei dieser Gelegenheit eine sogenannte philosophische Bemerkung: Merken Sie sich das, junger Mann! Ein Mann, der es zu etwas im Leben bringen will, ist niemals verliebt. Ein Mann besonders, der das hohe Glück hat, bei uns tätig zu sein, hat überhaupt kein Gefühle. Er kann eine bestimmte Frau begehren, – gut, ich verstehe das! Aber wenn ihm ein Mächtiger im Wege steht, muß unsereins seine Begierde unterdrücken. Hören Sie zu, junger Mann! Ich kannte mein Leben lang nur eine Begierde: die, groß und mächtig zu werden. Ich bin es heute, groß und mächtig. Ich kann Seine Majestät selbst, unsern Zaren, überwachen – Gott schenke ihm Glück und Gesundheit. Aber weshalb kann ich das? Weil ich niemals in meinem langen Leben geliebt oder gehaßt habe. Auf jede Lust habe ich verzichtet – deshalb habe ich auch niemals mit einem wirklichen Leid Bekanntschaft gemacht. Ich war niemals verliebt; also kenne ich auch keine Eifersucht. Ich habe niemals gehaßt; also kenne ich auch keine Rachsucht. Ich habe niemals die Wahrheit gesagt; infolgedessen kenne ich auch nicht die Genugtuung, die eine gelungene Lüge bereitet. Junger Mann, richten Sie sich danach! Ich muß Sie bestrafen. Der Fürst ist mächtig, den Affront vergißt er nie. Wegen eines kleinen, lächerlichen Mädchens haben Sie Ihre Karriere verdorben. Ja, mir selbst haben Sie, verstanden!, einen äußerst unangenehmen Tadel verschafft. Ich habe lange darüber nachgedacht, welche Strafe Sie dafür verdienen. Und ich bin zu dem Entschluß gekommen, Ihnen die strengste aller Strafen aufzuerlegen. Sie werden hiermit verurteilt, dieser lächerlichen Frau zu folgen. Ich verurteile Sie sozusagen zu ewiger Liebe. Sie gehen nach Paris, als unser Agent. Sie melden sich sofort bei dem Botschaftsrat P. Hier sind Ihre Papiere. Gnade Ihnen Gott, junger Mann! Es ist das härteste Urteil, das ich in meinem Leben gefällt habe." Damals war ich jung, meine Freunde, und ich liebte! Nachdem Seine Herrlichkeit sein Urteil ausgesprochen hatte, geschah mit mir etwas Außerordentliches, etwas Lächerliches: Ich fühlte mich von einer unbekannten Gewalt auf die Knie gezwungen, ich fiel wahrhaftig auf die Knie vor unserm Großmächtigen, und ich tastete nach seiner Hand, um sie zu küssen. Er entzog sie mir, stand auf, befahl mir, mich sofort zu erheben und keine Dummheiten mehr zu machen. Ach! Er war groß und mächtig, denn er war kein Mensch! Natürlich verstand er gar nichts von all dem, was in mir vorging. Er warf mich hinaus. Ich sah draußen im Korridor meine Papiere nach. Und ich erstarrte vor Seligkeit und Überraschung. Meine Papiere lauteten auf den Namen Krapotkin. Auf diesen Namen war mein Paß ausgestellt. In einem Begleitbrief an den Botschaftsrat P. war ich ausdrücklich als einer jener Agenten gekennzeichnet, deren Aufgabe es war, die sogenannten subversiven Elemente Rußlands in Frankreich zu überwachen. Welch ein häßliches Geschäft, meine Freunde! Und edel erschien es mir damals! Wie verworfen war ich! Verworfen und verirrt! Alle Verworfenen sind eigentlich Verirrte.

Kaum zwei Tage später sollte der mondäne Schneider mit all seinen Weibern abreisen, in meiner Begleitung. Er wurde mir, kurz vor der Abfahrt, vorgestellt. In seinen törichten und eitlen Augen war ich der Vertreter des hochadeligen Rußlands, ein Fürst und gleich ein Krapotkin gar – denn er mag sich wirklich eingebildet haben, daß man ihm einen echten Fürsten als Begleiter mitgegeben hatte. Ich selbst, ich bildete es mir ein, als ich zum erstenmal einen Paß auf den Namen Krapotkin in der Tasche wußte. Indessen aber fühlte ich damals schon, in den tiefsten Tiefen meines Herzens, die doppelte, die dreifache Schmach, die man mir angetan hatte: Ich war ein Krapotkin, ein Krapotkin von Blut; und ich war ein Spitzel; und ich trug den Namen, der mir gebührt hätte, lediglich als Polizist. Im höchsten Maße unwürdig, hatte ich erkauft und gestohlen, was mir auf eine würdige Weise hätte zukommen müssen. So dachte ich damals, meine Freunde, und ich wäre wohl sehr unglücklich gewesen, ohne die Liebe zu Lutetia. Sie aber, die Liebe meine ich, entschuldigte und verwischte alles. Ich war bei Lutetia, neben ihr. Ich begleitete sie. Ich fuhr mit ihr in die Stadt, in der sie lebte. Ich wollte sie. Ich begehrte sie mit allen meinen Sinnen. Ich brannte nach ihr, wie man sagt. Aber ich achtete vorläufig nicht auf sie. Ich bemühte mich, gleichgültig zu sein, und selbstverständlich hoffte ich, sie würde mich von selbst bemerken und mich durch einen Blick, eine Gebärde, ein Lächeln wissen lassen, daß sie mich bemerkt habe. Sie aber tat gar nichts. Ganz gewiß bemerkte sie mich nicht. Und warum auch hätte sie mich bemerken sollen?

Es waren übrigens die ersten zwölf Stunden unserer Reise. Weshalb auch hätte sie mich in den ersten zwölf Stunden bemerken sollen? Wir mußten eine Umweg machen. Wir fuhren nicht direkt; jene Damen der guten Gesellschaft, die damals zufällig in Moskau waren oder ständig dort wohnten und die auf keinen Fall den berühmten Schneider aus Rußland fortgehen lassen wollten, ohne wenigstens ihn und seine Puppen gesehen zu haben, hatten unbedingt gefordert, er möchte sich wenigstens einen Tag in Moskau aufhalten. Gut! Wir hielten uns in Moskau auf. Am frühen Nachmittag kamen wir an, wir logierten im Hotel Europa. Allen Damen ließ ich dunkelrote Rosensträuße überreichen, allen die gleichen. Nur dem Rosenstrauß, der für Lutetia bestimmt war, legte ich meine Visitkarte bei. Oh, freilich nicht meine richtige. Solch eine hatte ich überhaupt niemals besessen. Wohl aber hatte ich jetzt nicht weniger als fünfhundert Visitkarten, falsche, auf den Namen Krapotkin. Ich muß sagen, ich zog oft eine aus der Brieftasche und betrachtete sie. Ich weidete mich an ihr. Je länger ich sie ansah, desto stärker begann ich an ihre Echtheit zu glauben. Ich betrachtete mich selbst in dieser falschen Visitkarte, etwa wie eine Frau sich in einem Spiegel betrachten mag, der sie gefälliger erscheinen läßt. Und als wüßte ich nicht, daß auch mein Paß ein falscher war, zog ich auch ihn manchmal hervor und ließ mir gleichsam durch seine amtliche Zeugenschaft bestätigen, daß meine Visitkarte nicht gelogen habe. So dumm und eitel war ich damals, meine Freunde, obwohl mich eine noch viel größere Leidenschaft gefangenhielt. Ja, auch diese meine Leidenschaft, nämlich die Liebe, nährte sich noch von meiner Eitelkeit und meiner Dummheit.

Wir blieben zwei Tage in Moskau, und die Damen der guten Gesellschaft kamen, die aus Moskau und die andern, aus nahen und fernen Gütern. Es gab im Hotel am Nachmittag eine kurze und sozusagen zusammengedrängte Vorführung. Der mondäne Schneider war nicht im Frack. Er trug seinen violetten Cutaway und ein blaßrosa, seidenes Hemd und eine Art bräunlicher Lackpantoffeln. Die Damen waren entzückt von ihm. Er begrüßte sie mit einer längeren Ansprache. Und sie erwiderten, indem sie ihn einzeln mit noch längeren Ansprachen auszeichneten. Obwohl ich damals nur ein kümmerliches Französisch konnte, merkte ich doch, daß sich die Damen bemühten, den Tonfall des Schneidermeisters nachzuahmen. Ich hütete mich, mit ihnen zu sprechen. Denn die eine oder die andere hätte wohl erkennen können, daß ich kein Krapotkin war – und sei es auch nur an meinem lächerlichen Französisch. Im übrigen kümmerten sie sich auch nur um den Schneider und um die Toiletten. Um den Schneider noch mehr! Und wie gerne hätten sie, aller Weiblichkeit zum Trotz, ebenfalls einen violetten Cutaway und ein blaßrosa Seidenhemd getragen!

Genug mit diesen fruchtlosen Betrachtungen! Jede Zeit hat ihre lächerlichen Schneider, ihre lächerlichen Modelle, ihre lächerlichen Frauen. Die Frauen, die heute in Rußland die Uniform der Rotgardisten tragen, sind die Töchter jener Damen, die damals bereit gewesen wären, einen violetten Herrenrock anzuziehen, und die Töchter der Rotgardisten von heute werden vielleicht einmal in der Tat etwas Ähnliches tragen müssen.

Wir verließen Moskau. Wir kamen an die Grenze. In dem Augenblick, in dem wir sie erreichten, in diesem Augenblick erst kam es mir plötzlich zum Bewußtsein, daß mir die Gefahr drohte, Lutetia zu verlieren, wenn ich nicht noch schnell etwas unternahm. Was unternehmen? Was unternimmt ein verlorener Mann meiner Art, der das abscheulichste aller Handwerke ausübt? Ach, meine Freunde, er hat niemals die leichte, die beschwingte, die göttliche Phantasie der einfachen Liebenden! Ein Mann meines Schlages hat eine niedrige, eine Polizeiphantasie. Der Frau, die er liebt, stellt er nach mit den Mitteln, die ihm sein Beruf zur Verfügung stellt. Nicht einmal die Leidenschaft vermag einen Menschen meiner Art zu veredeln. – Die Gewalt zu mißbrauchen ist das Prinzip der Menschen meiner Natur! Und, weiß Gott, ich mißbrauchte sie.

Ich gab an der Grenze einem meiner Kollegen einen Wink, und er verstand ihn sofort. Ihr erinnert euch, meine Freunde, was damals eine russische Grenze bedeutete. Es war weniger die Grenze des gewaltigen Zarenreiches als die Grenze unserer Willkür, will sagen: der Willkür der russischen Polizei. Die Macht des Zaren hatte ihre Grenzen, in seinem eigenen Schloß sogar. Unsere Macht aber, die Macht der Polizei, hörte erst an den Grenzen des Reiches auf, und oft – wie ihr bald hören werdet – auch noch lange nicht jenseits unserer Grenzen. Immerhin, einem

Polizisten bereitete es unermeßliches Vergnügen, gerade einen harmlosen Menschen zittern zu sehen, zweitens, einem Kollegen zu Gefallen zu sein, drittens – und dies ist besonders wichtig –, gerade eine hübsche, junge Frau in Schrecken zu versetzen. Dies, meine Freunde, ist die besondere Art der polizistischen Erotik.

Mein Kollege begriff mich also sofort. Ich verschwand für einige Zeit, ich wartete im Polizeikabinett. Der Schneider und alle seine Damen mußten sich einer peinlichen Untersuchung unterziehen – und gar nichts nützte diesem mondänen Schneider seine äußerst beredte Zunge und seine Berufung auf alle hohen Herrschaften. Man verstand einfach kein Französisch. Vergeblich rief er auch ein paarmal nach mir, nach dem Fürsten Krapotkin. Ich konnte ihn zwar durch das kleine Fensterchen beobachten, das die Zwischenwand des Polizeizimmers und des Revisionssaals unterbrach. Er aber sah mich nicht. Ich blieb unauffindbar. Ich sah, wie er sich inmitten der aufgeregten Schar seiner Mädchen umhertrieb, wichtig und ratlos, weltmännisch und zugleich verloren, wichtigtuerisch und zugleich furchtsam, stolz wie ein Hahn, feig wie ein Hase, dumm wie ein Esel. Es freute mich, ich gestehe es. Ich hätte eigentlich gar keine Zeit haben dürfen, ihn zu beobachten und zu verachten. Denn ich liebte ja Lutetia! Aber, so bin ich nun einmal geartet, meine Freunde! Ich weiß oft selbst nicht, was ich von mir zu halten habe …

Aber das ist ja nicht das Wichtigste. Die Hauptsache war, daß man plötzlich, dank der kameradschaftlichen Gesinnung meines Kollegen, im Koffer der Lutetia einen Revolver gefunden hatte. Der Schneider rannte ratlos herum, er rief ein paarmal nach mir, er beschwor meinen Namen, wie man Götter beschwört – und ich zeigte mich nicht. Von meinem Guckloch aus sah ich, zufrieden und gemein, ein Gott und ein Spitzel, die Lutetia, die blasse, die hilflose. Sie tat, was alle Frauen in derlei Situationen tun müssen: sie begann zu weinen. Und ich erinnerte mich, daß ich sie, durch ein ähnliches Guckloch, kaum zwei Wochen früher beobachtet hatte, wie sie in den Armen des jungen Krapotkin selig gewesen war und gelacht hatte. Oh, ich hatte diese besondere Art des

Lachens nicht vergessen! Ich empfand, niedrig, wie ich nun einmal bin, meine Freunde, eine Genugtuung. Mochte der Zug warten, zwei Stunden, drei Stunden! Ich hatte Zeit.

Endlich, nachdem es so weit gekommen war, daß Lutetia, aller Worte bar, weinend dem Schneider um den Hals fiel, alle anderen Damen rings um beide herumzuflattern begannen, dermaßen, daß das Ganze ungefähr aussah wie ein tragisches Massaker, ein aufgeregter Hühnerhof und das romantische Abenteuer eines romantischen Schneiders zugleich, erschien ich auf der Bildfläche. Sofort verneigte sich der Kollege vor mir und sagte: „Euer Hochwohlgeboren, zu Ihren Diensten!“

Ich sah ihn gar nicht an. Ich fragte – in den Saal hinein –, ohne einen der vielen Menschen anzusehen: „Was ist hier eigentlich geschehen?“

„Euer Hochwohlgeboren“, begann mein Kollege, „man hat hier, im Koffer einer Dame, einen Revolver gefunden.“

„Das ist mein Revolver“, sagte ich. „Die Damen stehen unter meinem Schutz.“

„Wie Sie befehlen!“ sagte der Beamte.

Wir stiegen in den Zug.

Selbstverständlich fiel mir – wie ich vorausgesehen hatte – der Schneider um den Hals, kaum waren wir im Zug. „Wer ist eigentlich jene Dame mit dem Revolver?“ fragte ich. „Ein harmloses Mädchen“ sagte er, „ich kann es mir gar nicht erklären.“ „Ich möchte sie sprechen“ sagte ich. „Sofort“, erwiderte er, „ich bringe sie Ihnen.“

Er brachte sie mir. Und er verließ uns sofort. Wir blieben allein, Lutetia und ich.

Es dunkelte schon, und der Zug schien durch den immer dichter werdenden Abend immer schneller dahinzurasen. Es erschien mir merkwürdig, daß sie mich keineswegs erkannte. Es war, als wäre alles darauf angelegt, mir selbst zu beweisen, wie wenig Zeit ich hätte, mein

Ziel zu erreichen. Deshalb auch erschien mir angebracht, sofort zu sagen: „Wo ist denn nun mein Revolver?“ –

Statt jeder Antwort – die immerhin noch möglich gewesen wäre – fiel mir Lutetia in die Arme.

Ich nahm sie auf meinen Schoß. Und es begannen, im Dunkel des Abends, der um uns durch zwei Scheiben hereinfiel, von zwei Seiten her – es war gar nicht *ein* Abend mehr, es waren deren zwei – die Liebkosungen, die ihr alle kennt, meine Freunde, und die so oft das Unheil unseres Lebens einleiten.“

Als er an dieser Stelle seiner Erzählung angelangt war, schwieg Golubtschik eine lange Weile. Sein Schweigen schien uns deshalb noch länger zu dauern, weil er gar nichts trank. Wir anderen alle nippten nur an unseren Gläsern, aus Scham und Zurückhaltung, weil Golubtschik sein Glas kaum zu beachten schien. Sein Schweigen schien also gewissermaßen ein doppeltes Schweigen zu sein. Ein Erzähler, der seine Geschichte unterbricht und ein Glas, das vor ihm steht, nicht an die Lippen führt, erweckt in seinen Zuhörern eine sonderbare Beklemmung. Wir alle, die Zuhörer Golubtschiks, fühlten uns beklommen. Wir schämten uns, Golubtschik in die Augen zu sehen, wir starrten beinahe stupide auf unsere Gläser. Wenn wir wenigstens das Ticken einer Uhr vernommen hätten! Aber nein! Keine Uhr tickte, keine Fliege summte, und auch von der nächtlichen Straße her drang kein Geräusch durch den dichten, eisernen Rolladen. Wir waren einfach preisgegeben der tödlichen Stille. Lange, lange Ewigkeiten schienen vergangen seit dem Augenblick, in dem Golubtschik seine Erzählung angefangen hatte. Ewigkeiten, sage ich, nicht Stunden. Denn da die Wanduhr in diesem Restaurant stillstand und dennoch jeder von uns einen verstohlenen Blick nach ihr hinwarf, obwohl wir alle wußten, daß sie stehe, erschien uns allen die Zeit ausgelöscht, und die Zeiger über dem weißen Zifferblatt waren nicht mehr schwarz allein, sondern geradezu düster. Ja, düster waren sie wie die Ewigkeit. Beständig waren sie in ihrer hartnäckigen, beinahe niederträchtigen Stabilität, und es schien uns, als bewegten sie sich nicht deshalb nicht, weil das Uhrwerk stillestand, sondern als blieben sie unbeweglich aus einer Art Bosheit und wie um zu beweisen, daß die Geschichte, die uns Golubtschik zu erzählen im Begriffe war, eine ewig gültige, trostlose Geschichte sei, unabhängig von Zeit und Raum, von Tag und Nacht. Da also die Zeit stillestand, war gleichsam auch der Raum, in dem wir uns befanden, aller seiner Raumgesetze ledig; und es war, als befänden wir uns nicht auf der festen Erde, sondern auf den ewig schwankenden Wassern des ewigen Meeres. Wie in einem Schiff kamen wir uns vor. Und unser Meer war die Nacht.

Jetzt erst, nach dieser langen Weile, tat Golubtschik wieder einen Schluck aus seinem Glase.

„Ich habe überlegt", begann er von neuem, „ob ich euch, meine Freunde, ganz genau den weiteren, den detaillierten Fortgang meiner Erlebnisse erzählen soll. Ich unterlasse es lieber. Ich will sofort mit meiner Ankunft in Paris anfangen.

Ich kam also nach Paris. Ich brauche Ihnen nicht zu sagen, was damals für mich, den kleinen Golubtschik, den Spitzel, der sich selbst verachtete, den falschen Krapotkin, den Lieberhaber Lutetias, die Stadt Paris bedeutete. Es kostete mich schwere Mühe, nicht zu glauben, daß mein Paß falsch sei und daß meine schmutzige Aufgabe, die geflüchteten sogenannten „staatsgefährlichen Subjekte" zu überwachen, meine eigentliche sei. Es kostete mich eine unwahrscheinliche Mühe, mich selbst endgültig davon zu überzeugen, daß meine Existenz verloren und verlogen war, mein Name erborgt, wenn nicht gestohlen, mein Paß das schändliche Papier eines schändlichen Spitzels. In dem Augenblick aber, in dem ich all dies erkannt hatte, begann ich mich selbst zu hassen. – Ich hatte mich immer gehaßt, meine Freunde! – Nach all dem, was ich euch erzählt habe, wißt ihr es ja! – Aber der Haß, den ich jetzt gegen mich empfand, war ein Haß von einer anderen Art. Zum erstenmal empfand ich Verachtung gegen mich. Vorher hatte ich nie gewußt, daß eine falsche

Existenz, aufgebaut auf einem erborgten und gestohlenen Namen, die eigentliche, die wirkliche Existenz vernichten könne. Jetzt aber erfuhr ich am eigenen Leibe sozusagen die unerklärliche Magie des Wortes; des geschriebenen, des aufgeschriebenen Wortes. Gewiß, ein nichtsnutziger, ein gedankenloser Polizeibeamter hatte mir einen Paß auf den Namen Krapotkin ausgestellt; und er hatte sich dabei nicht nur gar nichts gedacht; er hatte es auch für selbstverständlich gehalten, einem Spitzel Golubtschik den Namen Krapotkin zu verleihen. Dennoch, es war Magie, es ist Magie in jedem gesprochenen, geschweige denn in jedem geschriebenen Wort. Durch die einfache Tatsache, daß ich einen Paß auf den Namen Krapotkin besaß, war ich ein Krapotkin schlechthin; aber zugleich bewies mir dieser Paß noch auf andere, ganz irrationale Weise, daß ich ihn nicht nur zu Unrecht, sondern auch zu unredlichen Zwecken erworben hatte. Er war gewissermaßen der stetige Zeuge meines üblen Gewissens. Er zwang mich, ein Krapotkin zu werden, indes ich nicht aufhören konnte, ein Golubtschik zu sein, Golubtschik war ich, Golubtschik bin ich, Golubtschik bleib' ich, meine lieben Freunde! ...

Außerdem aber – und dieses „außerdem" ist bezeichnend und wichtig – war ich verliebt in Lutetia. Begreift ihr wohl: ich war verliebt, ich, der Golubtschik. Sie aber, die sich mir hingegeben hatte, war vielleicht – wer kann es wissen – in jenen Fürsten Krapotkin verliebt, den ich darstellen mußte! Für mich allein war ich also gewissermaßen der Golubtschik, wenn auch mit dem festen Glauben, ich sei Krapotkin; für sie aber, für sie, die damals den Inhalt meines Lebens darstellte, war ich Krapotkin, ein Cousin jenes Gardeleutnants, meines Halbbruders, den ich haßte und der sie vor mir umarmt hatte.

Ich sage: vor mir. In dem Alter nämlich, in dem ich mich damals befand, ist der Mensch gewohnt, alle jene Männer mit einem tiefen Haß zu hassen, die vor ihm seine geliebte Frau, wie man so zu sagen pflegt, „besessen" haben. Wie aber sollte ich gar meinen falschen Halbbruder nicht hassen? Den Vater, den Namen und die geliebte Frau hatte er mir genommen! Wenn ich überhaupt einen Menschen meinen Feind nennen konnte, so war er es. Ich hatte noch nicht vergessen, wie er in das Zimmer meines Vaters – nicht des seinigen – eingebrochen war, um mich daraus zu vertreiben. Ich haßte ihn. Ach, wie ich ihn haßte! Wer, wenn nicht er, war schuld daran, daß ich das schmutzigste aller Gewerbe ausübte? Er vertrat mir immer wieder den Weg. Ohnmächtig war ich gegen ihn, übermächtig war er mir gegenüber. Immer, immer stand er gegen mich, ja immer, immer kam er mir zuvor, um gegen mich aufzustehn. Nicht der Fürst Krapotkin hatte ihn gezeugt. Gezeugt hatte ihn ein anderer. Schon in der Sekunde, in der ihn der andere gezeugt hatte, hatte er angefangen, mich zu betrügen. Oh, ich haßte ihn, meine Freunde! – Und wie ich ihn haßte!

Erlaßt mir, meine Freunde, die nähere Beschreibung der Umstände, unter denen ich der Geliebte Lutetias geworden war. Es war nicht schwierig. Es war nicht leicht. Ich liebte damals, meine Freunde, und es ist mir also heute schwer zu sagen, ob ich es schwer oder leicht hatte, der Geliebte Lutetias zu werden. Es war schwer und leicht, es war leicht und schwer – wie ihr wollt, meine Freunde! ...

Ich hatte ja damals keine genaue Vorstellung von der Welt und von den sonderbaren Gesetzen, welche die Liebe regieren! Zwar war ich ein Spitzel, man hätte also denken müssen: ein mit allen Wassern gewaschener Mann! Aber ich war, trotz diesem meinem Beruf und trotz allen Erfahrungen, die er mir eingetragen hatte, Lutetia gegenüber ein harmloser Dummkopf; Lutetia gegenüber, das heißt allen Frauen, der Frau überhaupt gegenüber. Denn Lutetia war die Frau kurzweg, schlechthin – – die Frau überhaupt. Sie war die Frau meines Lebens. Sie war die Frau, sie war das Weib meines Lebens.

Es ist leicht, meine Freunde, heute über den Zustand zu spotten, in dem ich mich damals befand. Heute bin ich alt und erfahren. Heute sind wir alle alt und erfahren. Aber jeder von euch wird sich an eine Stunde erinnern können, in der er jung und töricht war. Nun, es war bei jedem von euch vielleicht nur eine Stunde, nach der Uhr gemessen. Bei mir war's eine lange Stunde, eine viel zu lange Stunde! ... – wie ihr bald sehen werdet.

Ich meldete mich, wie man's mir befohlen hatte und wie es meine Pflicht war, bei der russischen Botschaft.

Es war da ein Mann, sag' ich euch, der mir auf den ersten Blick gefiel. Er gefiel mir sogar außerordentlich. Es war ein großer, kräftiger Mann. Es war ein schöner, kräftiger Mann. Er hätte eher bei der kaiserlichen Garde dienen können als bei unserer geheimen Polizei. Menschen seinesgleichen hatte ich bis dahin in unserer Gesellschaft noch nicht viel gesehen. Ja, ich muß sagen, es tat mir, nachdem ich kaum eine Viertelstunde mit ihm gesprochen hatte, beinahe weh, ihn an der Stelle zu wissen, in der er keinesfalls der Niedertracht entgehen konnte. Ja, es tat mir weh! So viel echte, schöne Ruhe strahlte er aus, wie soll ich sagen: eine harmonische Kraft, das Kennzeichen eines wirklichen Herzens. „Sie sind mir angekündigt" so begrüßte er mich. „Ich weiß, welchen Unsinn Sie begangen haben. Nun – und jetzt – unter welchem Namen gedenken Sie hier zu leben?" – Unter welchem Namen? – Ja, ich hatte ja einen, den einzigen, der mir zustand. Ich hieß ja Krapotkin. Ich hatte ja Visitkarten. So jämmerlich war damals mein Überlegung. Seit einigen Jahren schon hatte ich unzählige Schurkereien verübt und nichts, meine Freunde, sollte man glauben, macht einen Menschen mehr klug, erfahren, überlegen als die Spitzelei. Aber nein, man täuscht sich darin. Meine Opfer waren gewiß nicht nur edler als ich, sondern auch bedeutend klüger, und auch dem Einfältigsten unter ihnen wäre es unmöglich gewesen, dermaßen eitel und lächerlich und kindisch zu sein. Ich war schon mitten in der Hölle, ja, ich war schon ein hartgesottener Knecht der Hölle, und immer noch – ich fühlte es in jenem Augenblick – war mein Schmerz über den Namen Golubtschik, über die Erniedrigung, die ich erfahren zu haben glaubte, meine Sucht, um jeden Preis Krapotkin zu werden, die einzige, dumme und blinde Triebkraft meines Lebens. Durch List und Gemeinheit, glaubte ich immer noch, könnte ich das auslöschen, was ich für den Schandfleck meines Lebens hielt. Aber ich häufte nur Schande über Schande auf mein armes Haupt. In jenem Augenblick fühlte ich undeutlich, daß ich Lutetia eigentlich gar nicht aus Liebe gefolgt war und daß ich mir nur zu meiner Rechtfertigung eine starke Leidenschaft eingebildet hatte, wie sie edlen Seelen allein zukommt. In Wirklichkeit hatte ich mich darein verbissen, Lutetia zu besitzen, wie ich versessen war, nicht mehr Golubtschik zu sein. Ich schuf in mir selbst, gegen mich selbst also, eine wahnwitzige Torheit nach der anderen, ich täuschte und verriet mich, wie es meine Aufgabe war, andere zu täuschen und zu verraten. Ich verstrickte mich selbst in meinen eigenen Netzen, es war zu spät. Obwohl ich all dies halb klar, halb unklar dachte, zwang ich mich immer noch zu der Lüge, an Lutetia sei alles gelegen und ihretwegen allein könnte ich nicht auf meinen falschen Namen Krapotkin verzichten. – „Ich habe ja schon einen Namen“, sagte ich und zeigte meinen Paß. Mein Vorgesetzter sah ihn gar nicht an und sagte: „Junger Freund, um mit diesem Namen hier Geschäfte zu machen, müßten Sie ein Hochstapler sein. Sie aber haben das bescheidene Gewerbe eines mittleren Agenten. Aber, Sie mögen private Gründe haben. Es ist wahrscheinlich eine Dame dabei. Hoffen wir, daß sie jung und hübsch ist. Ich mache Sie nur darauf aufmerksam, daß junge und hübsche Damen Geld brauchen. Und ich bin sehr sparsam. Außerordentliche Prämien zahle ich nur für außerordentliche Schuftigkeiten. Ich werde bei Ihnen keine Ausnahme machen. Falsche Papiere, auf andere Namen, können Sie in beliebiger Anzahl bekommen. Also, gehn Sie! Sie melden sich bei mir, wann Sie wollen. Wo sind Sie abgestiegen? – Im Hotel Louvois, ich weiß es. Noch eines, lernen Sie Sprachen, besuchen Sie Kurse, Hochschulen, was Sie wollen. Sie melden sich zweimal in der Woche bei mir, hier, in den Abendstunden. Hier ist der Scheck. Daß Sie von Ihren Kollegen beobachtet werden, wissen Sie. Also, keine Dummheiten!“

Als ich wieder draußen war, atmete ich auf. Ich fühlte, daß es eine jener Stunden war, die man, wenn man jung ist, entscheidende nennt. Später, im Leben, gewöhnt man sich daran, viele, fast alle Stunden für entscheidende zu halten. Es gibt gewiß Krisen und Höhepunkte und sogenannte Peripetien, aber wir selbst wissen nichts davon, und wir können einen Höhepunkt unmöglich von einer gleichgültigen Sekunde unterscheiden. Wir erfahren höchstens dies und jenes – und auch die Erfahrung nützt uns gar nichts. Erkennen und unterscheiden aber ist uns versagt.

Unsere Phantasie ist immer mächtiger als unser Gewissen. Obwohl mir also das Gewissen sagte, ich sei ein Schurke, ein Schwächling, ein Elender, ich sollte die jämmerliche Wirklichkeit nicht verkennen, ritt meine Phantasie in einem schrecklichen Galopp mit mir dahin. Mit dem ansehnlichen Scheck in der Tasche, von meinem sympathischen Vorgesetzten entlassen, der mir jetzt allerdings in dem gleichen Grade lästig erschien, wie er mir vorher sympathisch gewesen war, fühlte ich mich frei und ledig in dem freien und ledigen Paris. Abenteuern, herrlichen, ging ich entgegen, der schönsten Frau der Welt und dem modernsten aller Schneider. In jener Stunde schien es mir, daß ich endlich eine Art des Lebens begänne, nach der ich mich immer schon gesehnt hatte. Jetzt war ich fast wirklich ein Krapotkin. Und ich unterdrückte die eindringliche, aber fast unhörbare Stimme des Gewissens, die mir da sagte, ich ginge jetzt eigentlich einer doppelten Gefangenschaft entgegen, einer dreifachen gar: erstens der Gefangenschaft meiner Torheit, meines Leichtsinns, meines Lasters, an die ich aber schon gleichsam gewöhnt war; zweitens der Gefangenschaft meiner Liebe; drittens der Gefangenschaft meines Berufs.

Es war ein milder, sonniger Pariser Nachmittag im Winter. Die braven Leute saßen auf den Terrassen vor den Kaffeehäusern, und mit einer wonnigen Schadenfreude dachte ich daran, daß sich bei uns in Rußland um die gleiche Jahres- und Tageszeit brave Leute in den heißen und dunklen Stuben verkrochen. Ich ging, ohne Ziel, von einem Lokal ins andere. Überall erschienen mir die Menschen, die Wirte, die Kellner fröhlich und gutherzig, mit jener Gutherzigkeit gesegnet, die nur eine ständige Freude geben kann. Der Winter in Paris war ein echter Frühling. Die Frauen in Paris waren echte Frauen. Die Männer in Paris waren herzliche Kameraden. Die Kellner in Paris waren wie fröhliche, weißbeschürzte, flinke Handlanger irgendeines genießerischen Gottes aus der Sagenwelt. – Und in Rußland, das ich für immer verlassen zu haben glaubte, war es finster und kalt. Als stünde ich nicht mehr in den Diensten – und in welch abscheulichen Diensten – dieses Landes! Dort lebten die Golubtschiks, deren elenden Namen ich nur deshalb trug, weil ich dort zufällig zur Welt gekommen war. Dort lebten die nicht minder elenden, von Charakter elenden Krapotkins, ein Fürstengeschlecht, wie es eins nur in Rußland geben konnte und das Blut von seinem Blute verleugnete. Niemals hätte ein französischer Krapotkin dermaßen gehandelt. Ich war, wie ihr seht, jung, dumm, elend und jämmerlich damals. Aber ich erschien mir stolz, edel und siegreich. Alles, was ich in dieser prächtigen Stadt erblickte, schien mich zu bestätigen, meine Überzeugungen, meine früheren Handlungen und meine Liebe zu Lutetia.

Erst als der Abend vollends und meiner Meinung nach viel zu früh einbrach, gleichsam mit künstlicher Gewalt von Laternen allzuschnell herbeigeschworen, wurde mir elend zumute, und ich kam mir vor wie ein enttäuschter Gläubiger, der plötzlich alle Götter verloren hat. Ich flüchtete mich in einen Fiaker und fuhr ins Hotel zurück. Alles erschien mir auf einmal schal und falsch. Und mit aller Gewalt klammerte ich mich an die einzige Hoffnung, die mir noch geblieben war, an Lutetia. An Lutetia und an das Morgen. Morgen, morgen sollte ich sie sehen. Morgen, morgen!

Ich begann, was unsereins bei solchen Gelegenheiten zu tun beginnt: ich begann zu trinken. Erst Bier, dann Wein, dann Schnaps. Mit der Zeit fing es an, sich in meinem Herzen aufzuklären, und in den frühen Morgenstunden erreichte ich fast die gleiche Seelenfröhlichkeit, die mich am Nachmittag zuvor erfüllt hatte.

Als ich, nicht mehr ganz meiner Kräfte sicher, auf die Straße trat, graute bereits der winterliche, milde Morgen. Es regnete, sanft und behaglich, wie es bei uns in Rußland nur im April regnen kann. Dies und meine Verwirrung machten, daß ich einen Augenblick nicht mehr wußte, in welcher Zeit und in welchem Raum ich mich befand. Erstaunt und beinahe erschrocken war ich, da ich sah, mit welcher Untertänigkeit mich die Dienerschaft des Hotels behandelte. Ich mußte mich erst erinnern, daß ich ja eigentlich der Fürst Krapotkin war. Es kam mir, nach einer Weile, draußen im frischen, sanften Morgenregen zum Bewußtsein. Es war, als hätte mich geradezu der sanfte, frische Morgenregen zum Fürsten Krapotkin ernannt. Zu einem Pariser Fürsten Krapotkin. Das war damals meiner Meinung nach weit mehr als ein russischer.

Es regnete vom Pariser Himmel, sanft und gütig, auf meinen nackten Kopf, auf meine müden Schultern. Ich stand lange so vor dem Portal des Hotels. Hinter meinem Rücken fühlte ich den ehrerbietigen, den angestrengt gleichgültig tuenden und – dank meinem Berufsinstinkt – auch den zugleich nicht ohne Argwohn beobachtenden Blick der Dienerschaft. Er tat mir wohl, dieser Blick. Er tat mir wohl, dieser Regen. Der Himmel von Paris segnete mich. Schon begann der Morgen von Paris. Die Zeitungsträger gingen mit unwahrscheinlich frischem Gleichmut an mir vorüber. Das Volk von Paris erwachte. Und ich, als wäre ich kein Golubtschik, sondern ein echter Krapotkin, ein Pariser Krapotkin, gähnte, aus Müdigkeit zwar, aber auch nicht minder aus Hochmut. Und hochmütig, äußerst lässig und geradezu grandseigneural ging ich an den ehrfürchtigen und zugleich argwöhnischen Blicken der Hoteldiener vorbei, deren gekrümmte Rücken dem Krapotkin und deren Augen dem Spitzel Golubtschik zu gelten schienen.

Verwirrt und ermattet sank ich ins Bett. An die Fensterbretter trommelte gleichmäßig der Regen.

Ich begann, wie ich es mir vorgenommen oder, wenn ihr wollt, nur eingebildet hatte, ein sogenanntes neues Leben. Mit neuen Kleidern – ich ließ mir einen der lächerlichen Schneider kommen, die um jene Zeit die sogenannten Herren der Welt einzukleiden pflegten – begann ich, eine Art des Lebens zu führen, die einem Fürsten angemessen erschien. Eine wahrhaft neue Art des Lebens. Ein paarmal war ich beim Schneider meiner geliebten Lutetia eingeladen. Ein paarmal lud ich ihn ein. Ihr werdet mir glauben, meine Freunde, daß ich heute, da alle meine alte Pein dermaßen von mir abgefallen ist, daß ich sie euch so offen gestehen kann, wie ich es nunmehr tue, daß ich also jetzt keineswegs aus Hochmut oder Eingebildetheit erzähle, ich sei damals äußerst sprachbegabt gewesen. Ich war sehr sprachbegabt. Innerhalb einer Woche sprach ich beinahe ein vollkommenes Französisch. Ich unterhielt mich jedenfalls fließend, wie man sagt, mit dem mondänen Schneider und mit all seinen Mädchen, die mich von der Reise her kannten. Ich unterhielt mich auch mit Lutetia. Gewiß, sie erinnerte sich meiner, besonders des Zwischenfalls an der Grenze wegen und auch wegen meines Namens und schließlich wegen der Stunde im Coupé. Ich war um jene Zeit nichts anderes als der Träger meines falschen Namens. Ich war ja längst nicht mehr ich selbst. Ich war nicht nur kein Krapotkin mehr, ich war auch kein Golubtschik mehr. Ich war wie zwischen Himmel und Erde. Mehr noch: wie zwischen Himmel, Erde und Hölle. In keinem von den drei Gebieten fühlte ich mich heimisch. Wo war ich eigentlich? Und was war ich eigentlich? War ich Golubtschik? War ich Krapotkin? War ich in Lutetia verliebt? Liebte ich sie oder eigentlich meine neue Existenz? War es überhaupt eine neue Existenz? Log ich, oder sagte ich die Wahrheit? – Um jene Zeit dachte ich manchmal an meine arme Mutter, die Frau des Försters Golubtschik, nichts wußte sie mehr von mir, verschwunden war ich aus dem engen Gesichtskreis ihrer armen, alten Augen. Nicht einmal mehr eine Mutter hatte ich noch. Eine Mutter! Welcher Mensch in der ganzen weiten Welt hatte keine Mutter? Verloren war ich und verwüstet! Aber ein solch Elender war ich damals noch, daß ich selbst aus meiner Niedertracht einen gewissen Stolz bezog und daß ich sie, die ich selber beging, zugleich als eine Art Auszeichnung betrachtete, die mir die Vorsehung angedeihen ließ.

Ich will mich bemühen, kurz zu werden. Es gelang mir, nach einigen höchst überflüssigen Besuchen bei dem Schneider der großen Pariser Welt und nachdem ich die meisten seiner neuen Kleider gesehen und gelobt hatte, die er selbst und alle Zeitungen „Kreationen“ nannten, jene besondere Art des Vertrauens der Lutetia zu gewinnen, das ein

Versprechen und ein Gelöbnis zwischen zwei Menschen bedeutet. Eine ganz kurze Zeit später hatte ich das zweifelhafte Glück, Gast in ihrem Hause zu sein.

In ihrem Hause! Was ich da „Haus“ nenne, war ein armseliges Hotel, beinahe ein Stundenhotel, in der Rue de Montmartre. Ein enges Zimmer war's. Die braungelbe Tapete zeigte in unermüdlicher Wiederholung zwei Papageien, einen knallgelben und einen schneeweißen, die sich unaufhörlich küßten. Sie liebkosten sich. Diese Papageien hatten geradezu den Charakter von Tauben. Und auch die Tapete rührte mich; ja, gerade die Tapete. Es erschien mir Lutetias höchst unwürdig, daß sich just in ihrem Zimmer Papageien wie Tauben benahmen – und just Papageien. Damals haßte ich Papageien: Ich weiß heute nicht mehr, warum. (Nebenbei gesagt, hasse ich auch Tauben.)

Ich brachte Blumen und Kaviar mit, die zwei Gaben, die damals meiner Meinung nach einen russischen Fürsten kennzeichnen mochten. Wir sprachen miteinander, innig und lange und ausführlich. „Sie kennen meinen Vetter?“ fragte ich, harmlos und verlogen. „Ja, den kleinen Sergej!“ erwiderte sie, ebenso harmlos, ebenso verlogen. „Den Hof hat er mir gemacht“, erzählte sie weiter. „Stundenlang! Orchideen hat er mir geschickt, denken Sie, mir allein, unter allen meinen Kolleginnen! Ich aber machte mir nichts aus ihm! Er gefiel mir einfach nicht!“

„Mir gefällt er auch nicht!“ sagte ich. „Ich kenne ihn seit seiner frühesten Jugend, und schon damals gefiel er mir nicht.“

„Sie haben recht“, sagte Lutetia, „er ist ein kleiner Schurke.“

„Dennoch“, begann ich, „haben Sie sich mit ihm in Petersburg getroffen, und zwar, wie er mir selbst erzählt hat, in einem Chambre séparée bei der alten Gudaneff.“

„Er lügt, er lügt“, schrie Lutetia, wie nur Frauen schreien können, wenn sie eine offensichtliche Wahrheit ableugnen wollen. „Nie war ich mit irgendeinem Mann in einem Chambre séparée! Nicht in Rußland, nicht in Frankreich!“

„Schreien Sie nicht“ sagte ich, „und lügen Sie nicht! Ich selbst habe Sie gesehen. Ich habe Sie gesehen. Sie haben es bestimmt vergessen. Mein Vetter lügt nicht.“

Wie nicht anders zu erwarten gewesen war, begann Lutetia, jämmerlich zu weinen. Ich, der ich es nicht ertrage, eine Frau weinen zu sehn, ich lief hinunter und bestellte eine Flasche Cognac. Als ich zurückkam, weinte Lutetia nicht mehr. Sie tat nur so, als wäre sie von der Lüge, bei der ich sie ertappt hatte, äußerst angestrengt und bar aller Lebenskräfte. Sie lag auf dem Bett. „Machen Sie sich nichts daraus!“ sagte ich. „Ich habe Ihnen eine Stärkung mitgebracht.“

Sie erhob sich nach einer Weile. „Sprechen wir nicht mehr von Ihrem Vetter!“ sagte sie.

„Sprechen wir nicht mehr von ihm!“ stimmte ich ein. „Sprechen wir von Ihnen!“

Und sie erzählte alles – all das, was ich damals merkwürdigerweise für absolute, äußerste Wahrheit hielt, so kurz, nachdem ich sie doch lügen gehört hatte! Sie war die Tochter eines Lumpensammlers. Früh verführt, das heißt im Alter von sechzehn Jahren, ein Alter, das ich heute nicht mehr ein „frühes“ zu nennen imstande bin, folgte sie einem Jockey, der sie geliebt und sie in einem Hotel in Rouen sitzengelassen hatte. Oh, es mangelte ihr nicht an Männern! Sie blieb nicht lange in Rouen. Und weil sie so auffallend schön gewesen war, hatte sie der mondäne Schneider bemerkt, der damals auf der Suche nach Modellen war, innerhalb des bescheidenen Volkes von Paris ... Und so war sie zu dem mondänen Schneider gekommen ...

Sie hatte viel getrunken. Sie log immer noch, ich fühlte es nach einer halben Stunde schon. Aber wo gibt es, meine Freunde, eine Wahrheit, die man gerne hören möchte aus dem Munde einer geliebten Frau? Und log ich nicht etwa selber? Lebte ich nicht vollkommen eingebaut, hatte ich mich nicht behaglich eingenistet in der Lüge, dermaßen, daß ich nicht nur eine eigene Lüge liebte, sondern auch alle fremden Lügen zumindest anerkennen und schätzen mußte? Natürlich war Lutetia ebensowenig die Tochter eines Lumpensammlers oder Hausmeisters oder Schusters oder was weiß ich, wie ich ein Fürst. Hätte sie damals geahnt, wer ich wirklich war, so hätte sie mir wahrscheinlich eingeredet, sie sei die uneheliche Tochter eines Barons. Da sie aber annehmen mußte, daß ich mich in den Baronen auskannte, und da sie die Erfahrung besaß, daß die hochgestellten Herren die Niedrigen und die Armen mit einer geradezu dichterischen Wehmut betrachten und das Märchen von dem Glück der Armut lieben, erzählte sie auch mir das Märchen von dem Wunder, das der Armut begegnet. Es klang übrigens, während sie sprach, kaum unglaubwürdig. Sie lebte ja schon seit langen Jahren in der Lüge, in dieser speziellen Lüge, und sie glaubte zeitweilig an ihre Geschichte. Eine Verlorene war sie, wie ich ein Verlorener. Die verlorenen Menschen lügen gleichsam unschuldig, wie die Kinder. Die verlorene Existenz bedarf des verlogenen Fundamentes. In Wirklichkeit war Lutetia die Tochter eines zu seiner Zeit angesehenen Damenschneiders, und der große mondäne Schneider, in dessen Diensten sie jetzt stand, hatte seine Mädchen nicht unter dem geringen Volk von Paris gesucht, sondern unter den Töchtern seiner Kollegen, natürlicherweise.

Und überdies, meine Freunde: Lutetia war schön. Schönheit erscheint immer glaubwürdig. Der Teufel, der die Urteile der Männer über die Frauen bestimmt, kämpft auf der Seite der Schönen und Gefälligen. Einer häßlichen Frau glauben wir selten die Wahrheit, einer hübschen alles, was sie erfindet.

Es ist schwer zu sagen, was mir eigentlich an Lutetia so gefiel. Sie unterschied sich auf den ersten Blick wenig von den anderen Mädchen des Schneiders. Auch sie war geschminkt und wie ein Wesen, zusammengesetzt aus Wachs und Porzellan, eine Mischung, aus der zu jener Zeit die Mannequins gebildet wurden. Heute freilich ist die Welt fortgeschritten, und die Damen bestehen in jeder Jahreszeit aus anderen, immer wechselnden Materien. Auch Lutetia hatte einen unnatürlich kleinen Mund, solange sie schwieg, er glich einer länglichen Koralle. Auch ihre Augenbrauen stellten zwei unnatürlich vollkommene Bögen dar, nach geradezu geometrischen Gesetzen konstruiert, und wenn sie die Augen senkte, sah man unwahrscheinlich lange, mit besonderer Kunst geschwärzte Wimpern, Vorhänge von Wimpern. Wie sie sich setzte, zurücklehnte, wie sie sich erhob und wie sie ging, wie sie einen Gegenstand anfaßte und wieder hinstellte, all das war selbstverständlich geübt und die Folge zahlreicher Proben. Ihre schlanken Finger sogar schienen von einem Chirurgen gedehnt und auf irgendeine Weise geschnitzt worden zu sein. Sie erinnerten ein wenig an zehn Bleistifte. Sie spielte mit ihren Fingern, während sie sprach, betrachtete sie aufmerksam, und es sah aus, als suchte sie ihr Spiegelbild in ihren blanken Nägeln. Nur selten war ein Blick in ihren blauen Augen zu finden. Statt der Blicke hatte sie Aufschläge. Wenn sie aber sprach und in den wenigen Sekunden, in denen sie sich vergaß, wurde ihr Mund breit und fast lüstern-gefräßig, und zwischen ihren blanken Zähnen erschien für den Bruchteil eines Augenblicks ihre wollüstige Zunge, lebendig, ein rotes und giftiges Tierchen. In den Mund hatte ich mich verliebt, meine Freunde, in den Mund. Alle Schlechtigkeit der Frauen haust in ihren Mündern. Das ist, nebenbei gesagt, ja auch die Heimat des Verrats und, wie ihr aus dem Katechismus wißt, die Geburtsstatt der Erbsünde ...

Ich liebte sie also. Ich war erschüttert von ihrer verlogenen Erzählung und ebenso erschüttert von dem kleinen Hotelzimmer und der Papageien-Tapete. Ihrer unwürdig, besonders gewissermaßen ihres Mundes unwürdig, war die Umgebung, in der sie lebte. Ich erinnerte mich an das Gesicht des Wirtes unten in der Loge, er sah aus wie eine Art Hund in Hemdsärmeln – und ich war entschlossen, Lutetia eine glücklichere, eine selige Existenz zu bereiten. – „Würden Sie mir erlauben", fragte ich, „daß ich Ihnen helfe? Oh, mißverstehen Sie das nicht! Ich habe keinerlei Ansprüche! Das Helfen ist meine Leidenschaft", so log ich, dieweil doch das Verderben mein Beruf war, „ich habe nichts zu tun. Ich habe leider keinen Beruf. Würden Sie mir also erlauben ...?"

„Unter welchen Bedingungen?" fragte Lutetia und setzte sich im Bett auf.

„Unter gar keinen Bedingungen, wie ich Ihnen schon sagte.“

„Einverstanden!“ sagte sie. Und da ich Anstalten machte, mich zu erheben, begann sie: „Glauben Sie nicht, Fürst, daß ich mich hier unglücklich fühle. Aber unser Herr und Meister, den Sie ja kennen, ist sehr oft mißgelaunt – und ich habe das Unglück, von seinen Launen mehr abzuhängen als die anderen Frauen. Diese, wissen Sie“, und jetzt begann ihre Zunge, Gift herzustellen, „haben alle ihre noblen, reichen Freunde. Ich aber, ich ziehe es vor, allein und anständig zu bleiben. – Ich verkaufe mich nicht!“ fügte sie nach einer Weile hinzu und sprang dabei aus dem Bett. Ihr Schlafrock, rosa mit blauen Phantasieblümchen, klaffte auseinander. Nein! – Sie verkaufte sich nicht: sie hatte sich mir nur angeboten.

Von nun an begann die verworrenste Zeit meines Lebens. Ich mietete eine kleine Wohnung in der Nähe der Champs-Élysées, eine der Wohnungen, die man in jenen Jahren „kokette Liebesnester“ nannte. Lutetia selbst richtete sie ein, nach ihrem Geschmack. Es gab wieder Papageien an den Wänden – die Art von Vögeln, die mir, wie schon gesagt, verhaßt ist. Es gab ein Klavier, obwohl Lutetia nicht spielen konnte, zwei Katzen, vor deren lautlosen und tückischen, überraschenden Sprüngen ich große Angst hatte, einen Kamin ohne Luftzug, in dem das Feuer sofort erlosch – und schließlich, sozusagen als eine besondere Aufmerksamkeit für mich, einen echten russischen Samowar aus Messing, den zu behandeln Lutetia mich ausersehen hatte. Es gab ein gefälliges Stubenmädchen in einer propren und gefälligen Kleidung – sie sah aus, als käme sie aus einer Spezialfabrik für Stubenmädchen – und schließlich, was mich empörte, einen echten, einen lebendigen Papagei, der mit unheimlicher Schnelligkeit und geradezu genialem Sinn meinen falschen Namen „Krapotkin“ gelernt hatte und der mich immer wieder also an meine Verlogenheit und Leichtfertigkeit erinnerte. Den Namen „Golubtschik“ hätte er bestimmt nicht so leicht erlernt.

Es wimmelte überdies in diesem „koketten Nest" Lutetias von Freundinnen aller Art. Alle bestanden sie aus Porzellan und Wachs. Und ich hielt sie nicht auseinander: die Katzen, die Tapeten, den Papagei und die Freundinnen. Nur Lutetia erkannte ich noch. Gefangen war ich, dreifach und vierfach gefangen! Und zweimal im Tag begab ich mich freiwillig in mein süßes, ekelhaftes, verworrenes Gefängnis. Eines Abends blieb ich dort – es konnte ja nicht anders geschehen! Ich blieb die Nacht dort. Über dem Käfig des Papageis hing eine schläfrige Decke aus rotem Plüsch. Die tückischen Katzen schnurrten wohlig in ihren Körben. Und ich schlief, nicht mehr ein Gefangener, sondern auch ein für alle Zeiten Gefesselter; wie man so zu sagen pflegt, in den Armen Lutetias. Armer Golubtschik!

Im Morgengrauen erwachte ich, selig und zugleich unselig. Ich fühlte mich verstrickt und verworfen, und dennoch hatte ich noch nicht die Ahnung von Reinheit und Anständigkeit verloren. Diese Ahnung aber, meine Freunde, zart wie ein Lufthauch im frühen Sommermorgen, war stärker noch, trotz allem stärker als der starke Wind der Sünde, der mich umwehte. Unter der Macht dieser Ahnung eben verließ ich das Haus Lutetias. Ich wußte nicht, ob ich mich selig oder bekümmert zu fühlen hatte. Und in diesem Zweifel schwankte ich, ohne Plan und Gedanken, durch die frühen Straßen.

Lutetia kostete Geld, sehr schnell sah ich es, meine Freunde! (Alle Frauen kosten Geld, besonders die liebenden; diese mehr noch als die geliebten.) Und ich glaubte zu merken, daß Lutetia mich liebte. Ich war dankbar dafür, daß irgend jemand auf der Welt mich liebte. Lutetia war übrigens der einzige Mensch, der mir meinen Krapotkin ohne jeden Zweifel glaubte – der an meine neue Existenz glaubte, ja, sie bestätigte. Nicht ihr Opfer zu bringen war ich entschlossen, mir selbst wollte ich diese Opfer bringen. Mir selbst, dem falschen Golubtschik, dem echten Krapotkin.

Es begann also eine unheimliche Verworrenheit – nicht in meiner Seele – die bestand ja schon seit langem –, sondern auch in meinen privaten, in meinen materiellen Verhältnissen. Ich fing an, Geld auszugeben – mit vollen Händen, wie man sagt. Lutetia brauchte eigentlich nicht soviel. Ich selbst brauchte es, für sie brauchte ich es. Und sie begann zu verbrauchen, sinnlos und mit jener süchtigen, ja fluchartigen Leidenschaft, mit denen die Frauen Geld zu verbrauchen pflegen, das Geld ihrer Männer und ihrer Liebhaber – beinahe so, als sähen sie in dem Geld, das man für sie ausgibt, das man gar für sie verschwendet, ein bestimmtes Maß des Gefühls, das die liebenden Männer für sie haben. Ich brauchte also Geld. Sehr bald. Sehr viel. Ich ging, wie es meine Pflicht war, zu meinem sympathischen Vorgesetzten – Solowejczyk hieß er übrigens, Michael Nikolajewitsch Solowejczyk.

„Was haben Sie mir zu berichten?" fragte er. Es war gegen neun Uhr abends, und es schien mir, es sei niemand mehr, keine Seele, in dem großen, weiten Haus. Es war sehr still, und man hörte, wie aus einer unermeßlichen Ferne, die verworrenen Geräusche der großen Stadt Paris. Dunkel war es im ganzen Zimmer. Die eine Lampe mit grünem Schirm auf dem Schreibtisch Solowejczyks sah aus wie der lichte grüne Kern der abendlichen, kreisrunden Finsternis im Zimmer.

„Ich brauche Geld!" sagte ich, geborgen in der Finsternis und deshalb mutiger, als ich früher gedacht hatte.

„Für das Geld, das Sie brauchen", erwiderte er, „müssen Sie Arbeit leisten. Wir haben mehrere Aufgaben für Sie! Es handelt sich nur darum, ob Sie imstande sind, oder besser: ob Sie imstande sein wollen, dergleichen Aufgaben durchzuführen!"

„Ich bin zu allem bereit!" sagte ich. „Ich bin dazu hergekommen."

„Zu allem? wirklich zu allem?"

„Zu allem!"

„Ich glaube es nicht", sagte der sympathische Solowejczyk. „Ich kenne Sie nicht lange – aber ich glaube es nicht! Wissen Sie, um was es sich handelt? Es handelt sich um einen gemeinen Verrat, um einen gemeinen Verrat, sage ich. Um einen gemeinen Verrat an wehrlosen Menschen." – Er wartete eine Weile. – Dann sagte er: „Auch an wehrlosen Frauen! ..."

„Ich bin es gewohnt. In unserm Beruf ...“

Er ließ mich nicht ausreden. „Ich kenne den Beruf!“ sagte er und senkte den Kopf. Er begann, in den Papieren zu kramen, die vor ihm lagen, und man hörte nur das Rascheln der Papiere und das allzu gemächliche Ticken der Wanduhr.

„Setzen Sie sich!“ sagte Solowejczyk.

Ich setzte mich, und nun war auch mein Angesicht im Lichtkreis der grünen Lampe, gegenüber dem seinen. Er hob den Blick und sah mich starr an. Es waren eigentlich tote Augen, von blinden Augen war etwas in ihnen, etwas Trostloses und bereits Jenseitiges. Ich hielt diese Augen aus, obwohl ich vor ihnen Angst hatte, denn es war nichts in ihnen zu lesen, kein Gedanke, kein Gefühl, und ich wußte dennoch, daß es eigentlich nicht blinde Augen waren, sondern im Gegenteil sehr scharfe. Ich wußte genau, daß sie mich beobachteten, aber ich entdeckte nicht den Reflex, den ja natürlicherweise jedes beobachtende Auge erzeugt. Übrigens war Solowejczyk der einzige Mensch, bei dem ich diese Fähigkeit festgestellt habe: die Fähigkeit nämlich, die Augen zu maskieren, wie viele andere ihr Angesicht maskieren können. Ich betrachtete ihn, es dauerte Sekunden, Minuten, mir schienen es Stunden zu sein. An seinen Schläfen lichtete sich leicht ergrautes Haar, und seine Kinnbacken bewegten sich unermüdlich, und es sah aus, als kaute er geradezu an seinen Überlegungen. Schließlich erhob er sich, trat zum Fenster, schlug den Vorhang ein wenig zurück und winkte mich heran. Ich trat zu ihm. „Sehen Sie dort!“ sagte er und zeigte mir eine Gestalt auf der gegenüberliegenden Straßenseite. „Kennen Sie ihn?“ – Ich strengte mich an, ich sah genau hin, aber ich sah nichts anderes als einen verhältnismäßig kleinen, gutbürgerlich angezogenen Mann mit aufgeschlagenem Pelzkragen und braunem Hut und mit einem schwarzen Stock in der Rechten. „Erkennen Sie ihn?“ fragte Solowejczyk noch einmal. „Nein!“ sagte ich. „Also, warten wir eine Weile!“ – Gut, wir warteten. Nach einer Weile begann der Mann, auf und ab zu gehen. Nachdem er so seine zwanzig Schritte hin und zurückgegangen war, durchzuckte es mich wie ein Blitz, wie man so zu sagen pflegt. Meine Augen erkannten ihn nicht, mein Gehirn erinnerte sich nicht an ihn, aber mein Herz durchzuckte es, es pochte heftiger darin, und es war, als hätten plötzlich meine Muskeln, meine Hände, meine Fingerspitzen, meine Haare jenes Gedächtnis erhalten, das meinem Gehirn versagt geblieben war. Er war es. Das war der halb schleppende und halb tänzelnde Gang, den ich einmal, als ich noch jung und unschuldig gewesen war, in Odessa im Bruchteil einer Sekunde und trotz meiner Unerfahrenheit sofort gesehen hatte. Es war das erste und einzige Mal in meinem Leben, daß ich bemerkt hatte, ein Hinken könnte ein Tänzeln sein und ein Fuß könnte sich verstellen. Ich erkannte also den Mann auf der gegenüberliegenden Straßenseite. Es war kein anderer als Lakatos.

„Lakatos!" sagte ich.

„Also!" sagte Solowejczyk und trat vom Fenster zurück.

Wir setzten uns beide wieder einander gegenüber, genauso, wie wir vorher gesessen hatten. Den Blick auf die Papiere gesenkt, sagte Solowejczyk: „Lakatos kennen Sie schon lange?"

„Sehr lange", erwiderte ich, „er begegnet mir immer wieder. Ich möchte sagen, immer in den entscheidenden Stunden meines Lebens."

„Er wird Ihnen noch oft begegnen – wahrscheinlich –", sagte Solowejczyk. „Ich glaube selten und nur sehr widerwillig an übernatürliche Erscheinungen. Aber bei Lakatos, der mich von Zeit zu Zeit besucht, kann ich mich eines gewissen abergläubischen Gefühls nicht enthalten!"

Ich schwieg. Was hätte ich auch sagen sollen? Es schien mir unerbittlich klar, daß ich unerbittlich gefangen war. Ein Gefangener Solowejczyks? Ein Gefangener Lutetias? Ein Gefangener des Lakatos gar?

Nach einer Pause sagte Solowejczyk: „Er wird Sie verraten und vielleicht vernichten."

Ich nahm die aufgezeichneten Befehle entgegen, einen ansehnlichen Packen Papier, und ging.

„Auf Wiedersehn nächsten Donnerstag!" sagte Solowejczyk.

„Wenn es mir beschieden sein wird, Sie wiederzusehen!“ erwiderte ich. Mein Herz war beklommen.

Als ich das Haus verließ, war Lakatos nicht mehr zu sehen. Weit und breit kein Lakatos, obwohl ich fleißig und gründlich nach ihm suchte, eifrig sogar. Ich hatte Angst vor ihm, und ich suchte nach ihm eben deshalb so eifrig. Ich fühlte aber schon, während ich ihn aufzustöbern versuchte, daß ich ihn nicht finden würde. Ja, ich war dessen sicher, daß ich ihn nicht finden würde.

Wie sollte man den Teufel finden, wenn man ihn sucht. Er kommt, er erscheint unverhofft, er verschwindet. Er verschwindet, und er ist immer da.

Seit dieser Stunde fühlte ich mich nicht mehr vor ihm sicher. Ja, nicht allein vor ihm fühlte ich mich unsicher, sondern auch vor aller Welt. Wer war Solowejczyk? Wer war Lutetia? Was war Paris? Wer war ich selber?

Unsicherer noch als vor allen anderen war ich vor mir selber! War es mein eigener Wille, der meinen Tag, meine Nacht, alle meine Handlungen noch bestimmte? Wer trieb mich zu tun, was ich damals tat? Liebte ich Lutetia? Liebte ich nicht allein meine Leidenschaft oder aber lediglich mein Bedürfnis, mich selbst, meine Menschlichkeit sozusagen, durch eine Leidenschaft bestätigen zu können? Wer und was war ich eigentlich: ich, der Golubtschik? Wenn Lakatos da war, hörte ich auf, Krapotkin zu sein, das schien mir sicher. Auf einmal war es mir klar, daß ich weder Golubtschik noch Krapotkin zu sein imstande war. Halbe Tage bald und bald halbe Nächte verbrachte ich bei Lutetia. Ich hörte längst nicht mehr, was sie mir sagte. Sie redete übrigens belanglose Dinge. Ich merkte mir viele Ausdrücke, die mir bis dahin unbekannt waren, den Tonfall der Worte und der Sätze – was meine Fortschritte im Französischen betraf, hatte ich ihr viel zu verdanken. Denn so ratlos ich auch in jenen Tagen war, so vergaß ich doch auch niemals, daß es für mich wichtig werden konnte, „Sprachen zu beherrschen“ – wie Solowejczyk geraten hatte. Gut, nach wenigen Wochen beherrschte ich sozusagen Französisch. Zu Hause vergrub ich mich manchmal in englischen, deutschen, italienischen Büchern, ich betäubte mich geradezu an ihnen, und ich bildete mir ein, ich bekäme durch sie wirklich eine Existenz, eine wirkliche Existenz. Ich las englische Zeitungen, in der Hotelhalle zum Beispiel. Und während ich sie las, kam es mir vor, als sei ich ein Landsmann jenes weißhaarigen und bebrillten englischen Obersten im Lehnstuhl nebenan – eine halbe Stunde lang bildete ich mir ein, ich sei ein Engländer, ein Oberst aus den Kolonien. Weshalb sollte ich auch kein englischer Oberst sein? War ich denn etwa Golubtschik? War ich denn etwa Krapotkin? Was und wer war ich eigentlich?

Jeden Augenblick fürchtete ich, Lakatos zu begegnen. Er konnte in die Hotelhalle kommen. Er konnte in das große Modellhaus des mondänen Schneiders kommen, bei dem ich zuweilen vorfuhr, um Lutetia abzuholen. Er konnte mich jeden Augenblick verraten. Er hatte mich sozusagen in der Hand. Er konnte mich schließlich bei Lutetia verraten – und das war das schlimmste. In dem Maße, in dem meine Furcht vor Lakatos stieg, wuchs auch meine Leidenschaft für Lutetia. Eine übertragene Leidenschaft, sozusagen eine Leidenschaft zweiten Ranges. Denn es war in Wirklichkeit, meine Freunde, längst, das heißt seit einigen Wochen, keine wahre Liebe mehr, es war eine Flucht in die Leidenschaft, wie die Mediziner heutzutage bestimmte Krankheitserscheinungen mancher Frauen eine „Flucht in die Krankheit“ nennen. Ja, es war eine Flucht in die Leidenschaft. Sicher, einzig und allein sicher meiner selbst, meiner Identität sozusagen, war ich nur in den Stunden, in denen ich Lutetias Körper hielt und liebte. Ich liebte ihn, nicht etwa, weil es ihr geliebter Körper war, sondern weil er gewissermaßen eine Zuflucht war, eine Zelle, eine Klause, ungefährdet und gesichert vor Lakatos. Allerdings geschah leider, was sich notgedrungen ereignen mußte. Lutetia, die mich ebenso für unermeßlich reich hielt, wie sie sich selbst für eine Lumpensammlerstochter halten mochte, brauchte Geld und immer mehr Geld. Sie brauchte immer mehr Geld. Es zeigte sich bald, nach wenigen Wochen schon, daß sie ebenso schön wie begehrlich war. Oh, nicht etwa, daß sie versucht hätte, Geld zurückzulegen, auf die heimtückische Weise, die viele kleine Bürgerinnen auszeichnet. Nein! Sie brauchte in der Tat! Sie verbrauchte!

Sie war wie die meisten Frauen ihrer Art. Sie wollte nicht „ausnutzen"! Aber es wollte in ihr die Gelegenheiten, alle Gelegenheiten, benützen. Schwach war sie und unermeßlich eitel. Bei den Frauen ist die Eitelkeit nicht nur eine passive Schwäche, sondern auch eine höchst aktive Leidenschaft, wie bei den Männern nur das Spiel. Sie gebären immer aufs neue diese Leidenschaft, sie treiben sie an und werden von ihr zugleich getrieben. Der Leidenschaft Mütter und Kinder sind sie gleichzeitig. Die Leidenschaft Lutetias riß mich mit. Ich hatte bis dahin nicht geahnt, wie viel eine einzige Frau auszugeben vermag, und immer in dem Glauben, sie gäbe „nur das Notwendige" aus. Ich hatte bis dahin nicht geahnt, wie ohnmächtig ein liebender Mann – und ich war damals bemüht, ein liebender Mann zu sein: was einem wirklich Verliebten gleichkommt – gegenüber den Torheiten einer Frau sein kann. Gerade das Törichte und Überflüssige, das sie tat, erschien mir als das Notwendige und Natürliche. Und ich will auch gestehen, daß ihre Torheiten mir schmeichelten, mir gleichsam eine erlogene fürstliche Existenz bestätigten – ich brauchte Bestätigungen dieser Art. Ich brauchte alle diese äußerlichen Bestätigungen, als da sind: Kleider für mich und für Lutetia, die Untertänigkeit der Schneider, die mir Maß nahmen, im Hotel, mit behutsamen Fingern, als wäre ich ein zerbrechlicher Götze; die kaum den Mut hatten, meine Schultern und meine Beine mit dem Zentimetermaß zu berühren. Ich brauchte, eben weil ich nur ein Golubtschik war, alles, was einem Krapotkin lästig gewesen wäre: den Hundeblick in dem Auge des Portiers, die servilen Rücken der Kellner und Bedienten, von denen ich nichts anderes zu sehen bekam als die tadellos rasierten Nacken. Und Geld, Geld brauchte ich auch.

Ich begann, möglichst viel zu verdienen. Ich verdiente viel – und ich brauche euch nicht zu sagen, auf welche Weise. Manchmal war ich für Lutetia und alle Welt eine Woche lang unauffindbar und sozusagen verreist. An solchen Tagen trieb ich mich in den Kreisen unserer politischen Flüchtlinge herum, in kleinen Redaktionen versteckter und armseliger Zeitungen, war schamlos genug, kleine Darlehen zu nehmen von den Opfern, nach denen ich jagte, nicht weil ich das armselige Geld brauchte, sondern um vorzutäuschen, daß ich es brauchte, in kärglichen, verborgenen Stuben die kärglichen Mahlzeiten zu teilen mit den Verfolgten, den Geschmähten, den Hungrigen; war niedrig genug, es hie und da mit der Verführung der Frauen zu versuchen, die sich, oft beseligt und manchmal aus einer Art weltanschaulich fundierten Pflichtbewußtseins, einem Gesinnungsgenossen hingaben – alles in allem: ich war, was ich immer im Grunde gewesen war, von Geburt und Natur: ein Schurke. Nur hatte ich bis dahin die Schurkerei nicht in diesem Maße ausgeübt. Ich bewies mir gewissermaßen in jenen Tagen selbst, daß ich ein Schurke sei, und welch einer!

Ich hatte Glück, der Teufel lenkte alle meine Schritte. Wenn ich an bestimmten Abenden bei Solowejczyk erschien, konnte ich ihm mehr berichten als viele meiner Kollegen. Und ich erkannte an der wachsenden Verachtung, mit der er mich behandelte, daß ich großartige Dienste leistete. „Ich habe Ihre Intelligenz unterschätzt", sagte er mir einmal. „Ich habe, nach der Dummheit, die Sie in Petersburg begangen haben, gedacht, Sie seien ein *kleiner* Schurke. Alle Achtung, Golubtschik! Ich werde Sie gut bezahlen." – Zum erstenmal hatte er mich Golubtschik genannt, er wußte wohl, daß es für mich war wie ein Hieb mit einer Nagaika. Ich nahm das Geld, viel Geld, kleidete mich um, fuhr in mein Hotel, sah die Rücken und die Nacken, sah wieder Lutetia, die Nachtlokale, die gemeinen und soignierten Lordgesichter der Kellner und vergaß alles, alles. Ich war Fürst. Ich vergaß sogar den fürchterlichen Lakatos.

Ich vergaß ihn zu Unrecht.

Eines Tages – es war ein milder Frühlingsvormittag, ich saß in der Halle des Hotels, und obwohl sie keine Fenster hatte, war es doch, als strömte die Sonne gleichsam durch die Poren der Wände, ich war sehr heiter und gedankenlos hingegeben der ekelhaften Wollust, die mir das Leben bereitete – ließ sich Lakatos bei mir melden. Er war heiter wie der Frühling selbst. Er nahm gewissermaßen bereits den Sommer voraus. Er kam herein wie ein Stückchen, wie ein menschliches Stückchen des Frühlings, losgelöst von der anmutigen Natur, im viel zu hellen Überzieher, mit einer blumenübersäten Krawatte, in einem hellgrauen Halbzylinder, das Rohrstöckchen schwenkend, das ich schon so lange kannte. „Durchlaucht" und „Fürst" nannte er mich abwechselnd, und manchmal sagte er sogar, nach der Art der kleinen Dienstleute: „Euer durchlauchtigste Hochwohlgeboren!" Mit einemmal verfinsterte sich für mich dieser helle Vormittag. Wie es mir die ganze lange Zeit ergangen sei, fragte mich Lakatos, so laut, daß es alle in der Halle hörten und der Portier vorne in der Loge. Ich war einsilbig, ich antwortete kaum, aus Furcht, aber auch aus Hochmut. „Ihr Herr Vater hat Sie also doch anerkannt?" fragte er mich leise, indem er sich so nahe zu mir herüberbeugte, daß ich sein Maiglöckchen-Parfüm roch, seine Brillantine, die in schweren Wellen aus dem Schnurrbart duftete, und daß ich deutlich ein rötliches Glimmen in seinen blanken braunen Augen sah. „Ja!" sagte ich und lehnte mich zurück.

„Dann wird es Sie freuen", sagte er, „das, was ich Ihnen mitzuteilen habe."

Er wartete. Ich sagte nichts.

„Ihr Herr Bruder ist seit gestern hier!" sagte er gleichmütig. „Er wohnt hier in seinem Hause: er hat eine ständige Wohnung in Paris. Er will hier, wie jedes Jahr, ein paar Monate bleiben. Ich glaube, Sie haben sich ausgesöhnt?"

„Noch nicht!" sagte ich und konnte meine Ungeduld und meinen Schrecken kaum verbergen.

„Nun, ich hoffe", sagte Lakatos, „daß es jetzt gehen wird. Ich jedenfalls stehe Ihnen immer zur Verfügung."

„Danke!" sagte ich. Er erhob sich, verbeugte sich tief und ging. Ich blieb sitzen.

Ich blieb nicht lange. Ich fuhr zu Lutetia. Sie war nicht daheim. Ich fuhr in das Atelier des mondänen Schneiders. Mit einem Blumenstrauß drang ich vor, wie mit einer gezückten Waffe. Ich konnte sie ein paar Augenblicke sehen. Sie wußte noch nichts von der Ankunft Krapotkins. Ich verließ das Atelier. Ich setzte mich in ein Café und bildete mir ein, ich könnte durch angestrengtes Nachdenken auf irgendeinen klugen Einfall kommen. Aber jeder meiner Gedanken war angenagt von Eifersucht, Haß, Leidenschaft, Rachsucht. Bald stellte ich mir vor, es wäre am besten, ich bäte heute noch Solowejczyk darum, mich nach Rußland zurückzuschicken. Dann wieder überfiel mich die Angst, die Angst davor, mein Leben aufzugeben, Lutetia, meinen erstohlenen Namen, alles das, was meine Existenz ausmachte. Ich dachte auch einen Augenblick daran, mich umzubringen, aber ich hatte eine grauenhafte Angst vor dem Tode. Viel leichter war es, viel besser, aber keineswegs bequemer, den Fürsten umzubringen. Ihn aus der Welt schaffen! Ein für allemal befreit sein von diesem lächerlichen Burschen, einem wahrhaft lächerlichen und nutzlosen Burschen. Im gleichen Augenblick aber und gleichsam mit der Logik, die mir mein Gewissen diktierte, sagte ich mir, daß, wenn er ein nutzloser Bursche sei, ich ein noch schlimmerer, nämlich ein böser und schädlicher wäre. Aber kaum eine Minute später schien es mir klar zu sein, daß die Ursache meiner Schädlichkeit und meiner Schlechtigkeit er allein sei, dieser Bursche eben, und daß ihn zu töten eigentlich eine sittliche Tat sein müßte. Denn indem ich ihn auslöschte, tötete ich auch die Ursache meiner Verderbnis, und ich hatte dann die Freiheit, ein guter Mensch zu werden, zu büßen, zu bereuen, meinetwegen ein anständiger Golubtschik. Aber damals schon, während ich solches überlegte, fühlte ich keineswegs die Kraft in mir zu morden. Ich war, meine Freunde, damals noch lange nicht sauber genug, um töten zu können. Wenn ich daran dachte, einen bestimmten Menschen umzubringen, so war es bei mir, in meinem Innern, gleichbedeutend mit dem Entschluß, ihn auf irgendeine Weise zu verderben. Wir Spitzel sind keine Mörder. Wir bereiten lediglich die Umstände vor, die einem Menschen unweigerlich den Tod bereiten. Auch ich dachte damals nicht anders, ich konnte gar nicht anders denken. Ich war ein Schurke von Geburt und von Natur, wie ich euch schon sagte, meine Freunde! ...

Unter den vielen Menschen, die zu verraten und auszuliefern damals meine schändliche Aufgabe war, befand sich auch eine gewisse Jüdin namens Channa Lea Rifkin aus Radziwillow. Niemals werde ich ihren Namen, ihren Geburtsort, ihr Gesicht, ihre Gestalt vergessen. Zwei ihrer Brüder waren in Rußland wegen der Vorbereitung eines Attentats auf den Gouverneur von Odessa zur Katorga verurteilt worden. Sie waren bereits seit drei Jahren in Sibirien, an der Grenze der Taiga, wie ich aus den Papieren wußte. Der Schwester war es gelungen, rechtzeitig zu fliehen und noch einen dritten Bruder mitzunehmen, einen halblahmen jungen Menschen, der den ganzen Tag im Lehnstuhl sitzen mußte. Er konnte nur den rechten Arm und das rechte Bein bewegen. Es hieß, daß er ein außergewöhnlich begabter Mathematiker und Physiker sei und ein ungewöhnliches Gedächtnis besitze. Organisationspläne und die Formeln, mit deren Hilfe man, auch ohne die komplizierten technischen Hilfsmittel, Sprengstoffe herstellen konnte, stammten von ihm. Bruder und Schwester lebten bei Schweizer Freunden, französischen Schweizern aus Genf, einem Schuster und seiner Frau. Die russischen Genossen versammelten sich oft in der Werkstatt des Schusters. Ich war ein paarmal dort gewesen. Dieses edle jüdische Mädchen war entschlossen, nach Rußland zurückzukehren und ihre Brüder zu retten. Sie nahm alle Verantwortung auf sich. Ihre Mutter war gestorben, ihr Vater war krank. Drei unmündige Geschwister blieben ihr noch. In zahlreichen Eingaben an die russische Botschaft hatte sie erklärt, daß sie bereit sei, nach Rußland zurückzukehren, gäbe man ihr nur die Zusicherung, daß ihre unschuldigen und nur durch ihre, der Schwester, geheime Handlungen schuldig gewordenen Brüder befreit würden. Uns, das heißt der russischen Polizei, handelte es sich jedenfalls darum, der Frau habhaft zu werden; aber zugleich auch darum, die Botschaft keine offiziellen Zusicherungen geben zu lassen. Das konnte, das durfte auch eine

Botschaft nicht. Jene Channa Lea aber „brauchte“ man dringend. „Wir brauchen sie“, hieß es in den Zuschriften wörtlich.

Bis zu dem Tage, an dem ich Lakatos' Besuch empfangen hatte, war es mir, dem Schurken von Geburt und Natur, dennoch nicht möglich gewesen, diese Menschen zu verderben. Diese Menschen, ich meine das Mädchen und ihren Bruder, waren die einzigen unter all den Russen, die zu verraten meine Aufgabe war, welche noch an den Rest meines menschlichen Gewissens rührten. Wenn ich damals überhaupt noch irgendeine Vorstellung von Todsünde haben konnte, so waren es die beiden Menschen allein, die sie in mir zu wecken imstande waren. Von dem schwachen, sanften Mädchen – wenn es jüdische Engel gibt, dann müssen sie eigentlich so aussehen, in dessen Angesicht die Härte und die Lieblichkeit sich dermaßen vereinigten, daß man deutlich zu sehen vermeinte, die Härte sei eine Schwester der Lieblichkeit –, von diesem schwachen und zugleich kräftigen Mädchen ging eine zauberische Gewalt aus – eine zauberische Gewalt – ich kann es nicht anders sagen. Sie war nicht schön – was man so schön heißt in diesem Leben, wo wir das Verführerische schön nennen. Nein, diese kleine und unansehnliche Jüdin berührte unmittelbar meine Seele, und sogar auch meine Sinne berührte sie; denn wenn ich sie ansah, war es, als hörte ich ein Lied zum Beispiel. Ja, es war, als sähe ich nicht, sondern als hörte ich etwas Schönes, Fremdes, Niegehörtes und dennoch sehr Vertrautes. Manchmal, in stillen Stunden, wenn der lahme Bruder, auf dem Sofarand sitzend, in einem Buch las, das auf einem hohen Sessel vor ihm aufgeschlagen lag, der idyllische Kanarienvogel friedlich trällerte und ein schmaler Streifen guter Frühlingssonne auf den nackten Holzdielen ruhte, saß ich so dem edlen Mädchen gegenüber, betrachtete sie still, ihr blasses, breitgebautes, aber abgehärmtes Angesicht, in dem gleichsam das Leid aller unserer russischen Juden zu lesen war, und war nahe daran, ihr alles zu erzählen. Ich war gewiß nicht der einzige Spitzel, den man zu ihr geschickt hatte, und wer weiß, wie viele meiner Kollegen ich hie und da bei ihr getroffen haben mochte. (Denn wir kannten einander nur selten.) Aber ich bin überzeugt, daß es allen oder den meisten ebenso erging wie mir. Dieses

Kind hatte Waffen, denen wir unterliegen mußten. Es handelte sich darum, sie entweder nach Rußland zu locken, unter der Vorspiegelung, daß ihre Brüder bestimmt freikämen; aber es war natürlich nicht leicht, sie zu täuschen, und jedem anderen Versprechen als dem gezeichneten, vom Botschafter des Zaren gezeichneten, hätte sie niemals getraut. Es hätte aber auch zur Not vielleicht genügt, von ihr die Namen all ihrer Kameraden zu erfahren, die in Rußland verblieben waren. Aber, meine Freunde, ich sagte euch schon, ich sei ein Schuft von Geburt und Natur gewesen. Im Anblick dieses jungen Mädchens nun zerrann meine Schuftigkeit, und ich fühlte manchmal, wie mein Herz weinte, wie es auftaute, wörtlich genommen.

Die Monate vergingen, es wurde Sommer. Ich gedachte, mit Lutetia irgendwohin abzureisen. Eines Tages erschien in meinem Hotel ein weißhaariger, ernst angezogener und sehr feierlicher Mann. Mit seinem dichten silbernen Haupthaar, mit seinem Ehrfurcht heischenden weißen und sauber gestrählten Backenbart, mit seinem schwarzen, feinen Stock aus Ebenholz, dessen silberne, matte Krücke aus dem gleichen Material gemacht zu sein schien wie sein Haupt- und Barthaar, machte er mir den Eindruck eines hohen und makabren Würdenträgers am Hofe des Zaren. So, stellte ich mir vor, mußten die kaiserlichen Hofbeamten aussehn, die in der Sterbestunde und beim Begräbnis eines Zaren ihre Funktionen ausüben. Als ich ihn aber eine längere Weile angesehen hatte, schien er mir plötzlich von irgendwoher bekannt. Sein Gesicht, sein dichtes Haar, sein Backenbart und seine Stimme tauchten empor aus einer längst versunken geglaubten Kindheit. Und auf einmal, nachdem er mir gesagt hatte: „Es freut mich, Sie nach so langen Jahren wiederzusehen, Herr Golubtschik!“, wußte ich auch, wer es war. Er mochte uralt sein. Einmal hatte ich seine Stimme hinter einer Tür erlauscht, eine Sekunde lang hatte ich einst im düsteren Hausflur seine silbrige und schwarze Gestalt gesehn. Er war der Leibsekretär des alten Fürsten. Vor Jahren, vor Jahren – wie lang war es her – war er zu meinem Pensionsvater gekommen, um für mich zu bezahlen. Er reichte mir kaum die Hand. Drei kalte, hagere, geradezu steinerne Fingerspitzen fühlte ich für den Bruchteil eines

Augenblicks. Ich bat ihn, sich zu setzen. Als wollte er meinem Stuhl nicht zuviel Ehre antun, setzte er sich nur an den alleräußersten Rand, so daß er sich auf seinen Stock zwischen den Knien stützen mußte, um nicht vom Sessel hinunterzugleiten. Zwischen zwei Fingern hielt er seinen feierlichen, schwarzen, steifen Hut. Er ging sofort, wie es im Lateinischen heißt, in medias res. „Herr Golubtschik!" sagte er, „der junge Fürst ist hier. Der alte Herr dürfte auch auf der Durchfahrt nach dem Süden eine Weile hierbleiben. Sie haben beiden Herrschaften, unberechtigt und sogar auf eine nicht noble Weise – um ein stärkeres Wort zu unterdrücken –, überaus viel zu schaffen gemacht. Sie nennen sich hier Krapotkin. Sie unterhalten gewisse Beziehungen zu einem Fräulein Dingsda. Sie hat auch mehrere Namen. Der junge Fürst ist nun einmal entschlossen, diese Ihre Beziehung nicht zu dulden. Das ist eine Marotte. Aber Nebensache. Der junge Herr ist sehr großzügig. Überlegen Sie kurz, und sagen Sie mir gradheraus: Wieviel verlangen Sie, um ein für allemal aus unserm Gesichtskreis zu verschwinden? Sie haben schon einmal erfahren, wie groß unsere Macht ist. Sie laufen, wenn Sie hartnäckig bleiben, weit mehr Gefahr als jemals eines der Opfer, die von Ihnen verfolgt werden. Ich habe natürlich nichts gegen Ihren Beruf sagen wollen. Er ist, sagen wir, nicht ehrenhaft, aber äußerst notwendig, äußerst notwendig – im Staatsinteresse, versteht sich. Unser Vaterland braucht gewiß Ihresgleichen. Aber der Familie, die ich seit vierzig Jahren schon hie und da zu vertreten die Ehre hatte, sind Sie einfach unangenehm. Die Familie Krapotkin ist bereit, Ihnen zu einer neuen Existenz in Amerika, aber auch in Rußland zu verhelfen. Also, überlegen Sie, wieviel brauchen Sie?" – Und bei diesen Worten zog der silberhaarige Mann seine schwere goldene Uhr aus der Tasche. Er behielt sie in der Hand, etwa wie ein Arzt, der den Puls seines Patienten fühlt. – Ich dachte nach. Ich dachte wirklich nach. Es schien mir aussichtslos, vor diesem Mann, vor mir selbst noch Ausflüchte zu machen und mir überflüssige und höchst lächerliche, nichtsnutzige Atempausen einzureden. Seine Uhr tickte unermüdlich. Die Zeit verrann. Wie lange würde er noch warten?

Ich hatte keinen Entschluß gefaßt. Aber der gute Geist, der uns nie verläßt, auch nicht, wenn wir Schufte von Geburt und Natur sind, gab mir plötzlich die Erinnerung an Channa Lea ein. Und ich sagte: „Geld brauche ich nicht. Ich brauche eine Protektion des Fürsten. Wenn er mächtig ist, wie Sie sagen, wird er sie mir verschaffen können. Kann ich ihn sehen?"

„Sofort!" sagte der Silberhaarige, steckte die Uhr ein und erhob sich. „Kommen Sie mit mir!"

Die Pariser Privatkalesche des Fürsten Krapotkin – des echten – wartete vor dem Hotel. Wir fuhren. Wir fuhren vor die Privatwohnung des Fürsten. Es war eine Villa im Bois de Boulogne, und in dem Lakaien, der einen Backenbart trug wie der Leibsekretär, glaubte ich einen jener Diener zu erkennen, die ich vor langen, langen Jahren in der Odessaer Sommerresidenz des alten Fürsten gesehen hatte. Ich wurde angemeldet. Der Sekretär ging vor. Ich wartete eine lange halbe Stunde mindestens. Ich saß, bekümmert und verdrückt, unten im Vorzimmer, wie ich einst im Vorzimmer des alten Fürsten gesessen hatte. Noch weniger war ich gleichsam als der Golubtschik von damals. Damals hatte die Welt noch vor mir offengestanden, und heute war ich ein Golubtschik, der die Welt bereits verloren hatte. Aber ich wußte es ja. Und es machte mir dennoch wenig aus. Ich mußte mich nur zwingen, an Channa Lea Rifkin zu denken, und es machte mir gar nichts mehr aus.

Ich kam endlich ins Zimmer des jungen Fürsten. Er sah noch genauso aus wie damals, als ich ihn durch den Spalt in der Wand im Chambre séparée mit Lutetia beobachtet hatte. Ja, er sah noch genauso aus; wie soll ich ihn euch beschreiben, ihr kennt den Typ: ein nobler und verbrauchter Windbeutel. Er sah einem Stück abgebrauchter Seife nicht unähnlich, so blaß und fade war seine Haut. Er sah aus wie ein Stückchen verbrauchter gelber Seife mit einem dünnen schwarzen Schnurrbart. Ich haßte ihn, wie ich ihn seit eh und je gehaßt hatte.

Er ging kreuz und quer durch sein Zimmer, und als ich eintrat, blieb er auch nicht einen Augenblick stehen. Er ging weiter herum, als hätte der Silberhaarige nicht mich, sondern eine Puppe mitgebracht. Er wandte sich auch nicht an mich, sondern an ihn und fragte: „Wieviel?“ „Ich selbst möchte mit Ihnen verhandeln“, sagte ich.

„Ich möchte es nicht“, erwiderte er, hielt nicht im Herumwandern inne und sah den Sekretär an. „Verhandeln Sie mit ihm!“

„Ich brauche kein Geld“, sagte ich. „Wenn Sie wirklich so mächtig sind, wie Sie sagen, so können Sie alles von mir haben, wenn Sie zwei Männer von der Katorga befreien und ein Mädchen vor Strafe. Und sofort. Wenn Sie innerhalb einer Woche die beiden befreien!“

„Ja!“ sagte der Sekretär. „Bis dahin aber halten Sie sich möglichst verborgen. Geben Sie mir die Daten!“

Ich gab ihm die Daten der Gebrüder Rifkin. In ein paar Tagen sollte ich Auskunft haben.

Ich wartete ein paar Tage. Ich wartete, ich muß sagen, in großer Ungeduld, sozusagen in einer moralischen Ungeduld. Ich sagte: eine moralische Ungeduld, denn es überfiel mich damals die Sehnsucht nach der Reue, und ich glaubte, gerade damals wäre der Augenblick gekommen, in dem ich mit einer einzigen sogenannten guten Tat mein ganzes schurkisches Leben wettmachen könnte.

Ich wartete. Ich wartete.

Endlich erhielt ich eine Einladung, mich in der Privatwohnung des Fürsten einzufinden.

Der alte, würdige Sekretär empfing mich sitzend. Er machte eine einladende Handbewegung, aber eine nur sehr flüchtige, aber er sagte nicht etwa, ich möchte mich setzen, sondern als verscheuchte er mich vielmehr, wie man eine Fliege verscheucht.

Aus Trotz setzte ich mich aber und schlug ein Bein über das andere. Aus Trotz sagte ich auch: „Wo ist der Fürst?“

„Für Sie nicht zu Hause“, sagte der Alte milde. „Der Fürst kann sich überhaupt nicht um politische Dinge kümmern, so läßt er Ihnen sagen. In schmutzige Sachen läßt er sich nicht ein. Er will auch mit Ihnen keine

Tauschgeschäfte machen. Sie wären überdies imstande, ihn anzuzeigen, wie Sie es schon einmal getan haben, und ihn als den Beschützer unserer Staatsfeinde hinzustellen. Sie begreifen. Wir können Ihnen nur Geld anbieten. Wenn Sie es nicht annehmen, haben wir Mittel, Sie auf eine andere Weise aus Paris wegzuschaffen. Gar so unentbehrlich dürften Sie unserm Staat nicht sein. Es gibt sicherlich andere, die ebensoviel oder gar mehr leisten."

„Ich werde kein Geld nehmen", erwiderte ich, „und ich werde bleiben." Ich dachte dabei an meinen sympathischen Vorgesetzten Solowejczyk. Ihm wollte ich alles ganz genau erklären. Ihm wollte ich vertrauen. Ich hatte dabei vollkommen vergessen, welchen toten Blick Solowejczyk mir das letztemal gezeigt hatte. Ich bildete mir ein, Solowejczyk hielte zu mir, ja, er liebte mich.

Ich beschloß auch, sofort zu ihm zu gehen.

Ich erhob mich und sagte feierlich (heute kommt es mir lächerlich vor): „Ein echter Krapotkin", ich betonte das Wort „echter", „nimmt keine Abfindungssumme. Ein falscher bietet sie an."

Ich erwartete eine Geste, ein Wort der Empörung aus dem Munde des Alten. Aber er rührte sich nicht. Er sah mich nicht einmal an. Er sah nur auf die glatte schwarze Tischplatte, als lägen dort Papiere, als läse er im Holz und als stünde im Holz der Satz geschrieben, den er ein paar Sekunden später äußerte.

„Gehn Sie", sagte er, ohne den Blick, geschweige denn sich selbst zu erheben, „und tun Sie, was Ihnen bekömmlich ist."

Das Wort „bekömmlich" machte mich erröten.

Ich ging, ohne Gruß. Es regnete, und ich befahl dem Portier, mir einen Wagen zu holen. Noch kam ich mir wie ein Fürst vor, während ich bereits wußte, daß ich wieder der Golubtschik war; höchstens noch ein paar Tage konnte ich Krapotkin sein.

Aber ich war froh, meine Freunde, trotzdem, daß ich in ein paar Tagen meine alte Existenz und meinen mir gebührenden Namen wiederfinden würde. Glaubt mir, ich war froh. Und wenn mich etwas damals betrübte, so war es der Umstand, daß ich der Jüdin Rifkin nicht hatte helfen können. Hatte ich doch gedacht, es gäbe eine Gelegenheit, alles Böse wettzumachen, das ich begangen hatte. – Nun! – So hatte ich wenigstens meine eigene Existenz gerettet, vielleicht auch ein bißchen gereinigt.

Ich war froh.

Als ich ins Hotel kam – es war schon ziemlich spät, und einzelne Lämpchen brannten schon in der Halle –, sagte man mir, ein Herr erwarte mich im Schreibzimmer.

Ich dachte, es sei Lakatos, und ging, ohne etwas zu sagen, ins Schreibzimmer. Aus dem breiten Sessel hinter einem der Schreibtische erhob sich aber keineswegs mein Freund Lakatos, sondern, zu meiner Verwunderung, der mondäne Schneider, der Schöpfer der „Kreationen".

Es herrschte im Schreibzimmer eine Art Halbdunkel, das noch verstärkt wurde durch die grün beschirmten Lichter an den anderen Schreibtischen, statt durch sie geschwächt zu werden. Die Lämpchen kamen mir vor wie beleuchtete Giftfläschchen.

In diesem sonderbaren Licht erschien mir das breite, fahle Gesicht des Schneiders etwa wie ein Teig im Ofen, ein Teig, der aufquillt. Ja, je näher er mir kam, desto größer wurde sein breiiges Angesicht, größer und breiter selbst im Verhältnis zu seinen übermäßig weiten, weibischen, flatternden Kleidern. Er verbeugte sich vor mir, und es war, als verneigte sich vor mir eine Art quadratischer Kugel. Ich war nicht mehr geneigt zu glauben, daß der Schneider ein leibhaftiger, wirklicher Mensch sei.

„Fürst", sagte er, indem er seinen vierschrötigen und zugleich kugeligen Oberkörper wieder mühsam erhob, „darf ich eine Kleinigkeit mit Ihnen besprechen?"

Es kam mir lächerlich vor, daß man mich immer noch „Fürst" nannte, aber es beruhigte mich dennoch. Ich bat den mondänen Mann zu sagen, was er auf dem Herzen hätte.

„Eine Kleinigkeit, Fürst“, versicherte er, „eine Lächerlichkeit“, und dabei zog seine rundliche, teigige Hand einen vollendeten Bogen in der Luft. – „Es handelt sich um eine kleine Schuld. Es ist mir sehr peinlich, ja sogar zuwider. Es handelt sich um die Kleider Fräulein Lutetias.“

„Was für Kleider?“ fragte ich.

„Es ist schon zwei Monate her“, sagte der Herr Charron. „Fräulein Lutetia ist eine besondere Person, Frau, Dame, wollte ich sagen. Es ist manchmal schwer, mit ihr auszukommen. Sie ist, ich muß sagen, eine wirkliche Dame, nicht wie die anderen. Obwohl die Tochter eines meiner gewöhnlichen, was sag' ich, eines meiner allergewöhnlichsten Kollegen, hat sie (mit Recht) Ansprüche wie eine Dame aus den Kreisen unserer vornehmsten Kundschaft. Ich muß gestehen, Fürst, ich muß gestehen, ich habe ihr, das heißt Fräulein Lutetia, drei meiner besten Modellkleider verkauft, die sie selbst vorgeführt hatte. Auch wäre ich nicht gekommen, um zu stören, wenn ich nicht gerade gewisse akute Schwierigkeiten im Augenblick zu überwinden hätte.“

„Wieviel?“ fragte ich, wie ein echter Fürst.

„Achttausend!“ sagte Charron prompt.

„Gut!“ sagte ich, wie ein echter Fürst. Und ich entließ ihn.

Nachdem er gegangen war, fuhr ich sofort zu Lutetia. Achttausend Francs, um jene Zeit, meine Freunde – es war keine Kleinigkeit für mich, einen armen, armseligen Spitzel. Gewiß hätte ich auch vielleicht gar nichts tun dürfen. Aber, liebte ich nicht immer noch? War ich nicht immer noch gefangen?

Ich ging zu Lutetia. Sie saß am gedeckten Abendtisch und erwartete mich wie gewöhnlich – auch an den Abenden, an denen ich nicht kommen konnte –, wie es sich für eine sogenannte „ausgehaltene Frau“ gehört.

Ich gab ihr den üblichen Kuß, zu dem man sozusagen verpflichtet ist gegenüber einer Frau, die man erhält. Es war ein Pflichtkuß, wie ihn große Herren verabreichen.

Ich aß, ohne Appetit, und ich muß gestehen, ich sah mit einiger Mißgunst, trotz all meiner Verliebtheit, den gesunden Appetit Lutetias. Ich war damals niedrig genug, an die achttausend Francs zu denken. Vieles kam noch zusammen. Ich dachte an mich selbst, an den echten Golubtschik. Ein paar Stunden früher war ich froh gewesen, wieder ein wahrer Golubtschik zu sein. Jetzt aber, mit Lutetia am selben Tisch, erfüllte mich Bitterkeit darüber, daß ich ein wahrer Golubtschik sein sollte. Zugleich aber war ich doch noch irgendwo ein Krapotkin, und ich hatte achttausend Francs zu bezahlen. Als ein Krapotkin hatte ich sie zu bezahlen. Auf einmal erbitterte mich, der ich niemals gezählt und gerechnet hatte, die Höhe der Summe. Es gibt, meine Freunde, bestimmte Augenblicke, in denen das Geld, das man zu zahlen hat, für eine Leidenschaft, beinahe so wichtig erscheint wie die Leidenschaft selbst und ihr Gegenstand. Ich dachte nicht daran, daß ich Lutetia, die Geliebte meines Herzens, mit schändlichen und schurkischen Lügen erworben hatte und behalten, sondern ich machte es ihr zum Vorwurf, daß sie meinen Lügen glaubte und von ihnen lebte. Ein unbekannter, fremder Zorn stieg in mir hoch. Ich liebte Lutetia. Aber ich zürnte ihr. Bald schien es mir, noch während wir aßen, sie allein sei schuld an meiner Schuld. Ich suchte, forschte, ich grub gleichsam nach Fehlern in ihr. Ich fand, daß es einem Betrug glich, wenn sie mir nichts von den Kleidern erzählt hatte.

Deshalb sagte ich langsam, während ich ebenso langsam die Serviette zusammenfaltete: „Herr Charron war heute bei mir!"

„Schwein!" sagte Lutetia nur.

„Warum?" fragte ich.

„Altes Schwein", sagte Lutetia.

„Warum?" wiederholte ich.

„Ach, was weißt du!" sagte Lutetia.

„Ich soll achttausend Francs für dich bezahlen", sagte ich, „warum hast du's nicht gesagt?"

„Ich muß dir nicht alles sagen", erwiderte sie.

„Doch, alles!“ sagte ich.

„Nicht Kleinigkeiten!“ sagte Lutetia. Sie stützte die gefalteten Hände unter das Kinn und sah mich an, kampfsüchtig und beinahe böse.

„Nicht alles!“ wiederholte sie.

„Weshalb nicht?“ fragte ich.

„So!“

„Was heißt: so?“

„Ich bin eine Frau!“ sagte sie.

Welch ein Argument! dachte ich, und ich nahm mich zusammen, wie man sagt, und sagte:

„Ich habe nie daran gezweifelt, daß du eine Frau bist!“

„Du hast es aber nie verstanden!“ sagte sie.

„Sprechen wir praktisch und sachlich“, sagte ich, immer noch ruhig, „warum hast du mir nichts von den Kleidern gesagt?“

„Kleinigkeit!“ erwiderte sie, „was kosten sie schon?“

„Achttausend!“ sagte ich. – Dabei fürchtete ich – obwohl ich bereits entschlossen gewesen war, ein einfacher Golubtschik zu sein –, ich hätte nicht so gesprochen, wie ein Fürst Krapotkin in der gleichen Lage gesprochen hätte.

„Kleinigkeit!“ sagte sie. „Ich bin eine Frau. Ich brauche Kleider!“

„Warum sagst du mir nichts vorher?“

„Ich bin eine Frau!“

„Das weiß ich!“

„Das weißt du nicht! Sonst würdest du darüber kein Wort verlieren.“

„Du hättest mir den Besuch Charrons ersparen können“, sagte ich, „ich mag es nicht. Ich will keinerlei Überraschungen!“ Ich redete immer noch so daher wie ein Fürst – indessen beschäftigten mich die achttausend Francs.

„Willst du noch weiter mit mir streiten?“ fragte Lutetia. Und schon entzündete sich in ihren schönen, aber seelenlosen Augen, die mir damals wie Glasmurmeln erschienen, jenes zornige Feuerchen, das ihr wahrscheinlich schon alle, ihr, meine Freunde, in den Augen eurer Frauen gemerkt haben werdet – in bestimmten Stunden. Wenn Feuer ein Geschlecht hat, ich glaube es, es gibt ein ganz gewisses weibliches Feuer. Es hat keinen Grund, keine ersichtliche Ursache. Ich habe den Verdacht: es glimmt immer in den Seelen der Frauen, und manchmal lodert es auf und brennt in den Augen der Frauen: ein gutes und gleichzeitig ein böses Feuerchen. Wie man's ansieht. Ich habe jedenfalls Angst davor.

Lutetia erhob sich, warf die Serviette hin, mit jener wollüstigen Heftigkeit, mit der die Frauen so oft spielen und die ebensooft sehr echt ist, und sagte noch einmal:

„Ich lass' mir das nicht mehr gefallen! Ich hab' genug!“ Und als hätte sie es nicht schon ein paarmal gesagt, wiederholte sie: „Du wirst das nie verstehen! – Ich bin eine Frau!“ Auch ich erhob mich. – Ich dachte, unerfahren, wie ich damals war, man könne durch eine zärtliche Berührung eine Frau besänftigen und versöhnen. Das Gegenteil, meine Lieben, das Gegenteil ist der Fall! Kaum hatte ich einen Arm voller Zärtlichkeit ausgestreckt, da schlug mich die süße Lutetia, die Geliebte meines Herzens, mit beiden Fäusten ins Gesicht. Zugleich stampfte sie mit beiden Füßen – eine seltsame Eigenschaft, die wir nicht haben, wir Männer, wenn wir schlagen –, und sie schrie dabei: „Zahlen wirst du, zahlen, morgen, morgen vormittag, ich verlange es!“

Wie hätte sich da Fürst Krapotkin benommen? – meine Freunde. Wahrscheinlich hätte er gesagt: Natürlich! – und er wäre fortgegangen. Ich aber, ich war eben ein Golubtschik, und also sagte ich: „Nein!“ und blieb.

Auf einmal lachte Lutetia hell auf, so ein Lachen, wißt ihr, das man ein „Theaterlachen“ nennt, das aber gar kein Theaterlachen ist. Die Frauen auf der Bühne nämlich machen es einfach nur den Frauen im Leben, sich selber, nach. Wo hört das sogenannte Leben auf, und wo fängt das sogenannte Theater an?

Sie lachte also, die Geliebte meines Herzens. Es dauerte eine geraume Weile. Schließlich hat alles ein Ende, wie ihr wißt, meine Freunde. Nachdem Lutetia zu Ende gelacht hatte, sagte sie, plötzlich ganz ernst, beinahe tragisch und mit leiser Stimme: „Wenn du nicht zahlst, wird dein Cousin zahlen."

Es erschreckte mich, was Lutetia gesagt hatte, ja, es erschreckte mich, obwohl ich doch vor nichts mehr zu erschrecken hatte. Wenn mein sogenannter Bruder schon bei Lutetia gewesen war, so konnte es ihr doch nicht lange mehr verborgen bleiben, wer ich wirklich sei. Und warum – so fragte ich mich – hätte es ihr auch verborgen bleiben sollen? Hatte ich nicht eben erst, bevor ich hierhergekommen war, gewünscht, meine schrecklichen Verkleidungen abzulegen und einfach der einfache Golubtschik zu sein?

Weshalb tat es mir jetzt wieder leid, meine so verwirrende und verworrene Existenz aufzugeben? Liebte ich Lutetia in diesem Maße? Genügte ihr Anblick allein, um alle meine Entschlüsse umzuwerfen? Gefiel sie mir denn eigentlich, gerade jetzt in dieser Stunde? Sah ich nicht, wie sie log, sah ich nicht, daß sie käuflich war? Ja, ich sah alles, und ich verachtete sie auch dafür. Und vielleicht, wäre es nicht mein sogenannter Bruder gewesen, der mir wieder, gerade hier wieder den Weg vertrat, ich hätte sie verlassen. Ich war edelmütig gegen ihn gewesen, ich hatte sein Geld zurückgewiesen – und siehe da: jetzt trat mir der elende Mächtige wieder entgegen.

Freilich konnte ich diese unermeßlich hohe Summe nicht aufbringen, nicht einmal ein Drittel. Was hätte ich alles tun müssen, um auf einen Schlag auch nur dreitausend Francs zu bekommen und mit Abzahlungen wenigstens zu beginnen? Und konnte ich, selbst wenn ich bezahlte, es überhaupt verhindern, daß Lutetia erfuhr, wer ich wirklich war? Wenn ich nur Geld hätte, dachte ich damals in meiner Verblendung, ich würde ihr sagen, wer ich wirklich bin, und daß ich ihretwegen die allerschlimmsten meiner Schurkereien begehe, und auch ein Golubtschik kann einen Krapotkin bei jeder Frau wettmachen. So dachte ich. Obwohl ich sah, daß sie log und ein Wesen ohne Gewissen war, traute ich ihr doch den Edelmut zu, meine Aufrichtigkeit nicht nur vertragen, sondern auch schätzen zu können. Ich glaubte sogar, daß Aufrichtigkeit sie rühren könnte. Die Frauen – und, um gerecht zu sein, auch die Männer – aber lieben vielleicht von vornherein aufrichtige Menschen; jedoch aufrichtige Geständnisse von Lügnern und Verstellern hören sie nicht gern.

Um aber in meiner Erzählung fortzufahren: Ich fragte Lutetia, ob sie meinen Cousin schon gesehen habe. Nein! sagte sie, er hätte ihr nur geschrieben; aber sie erwarte über kurz oder lang seinen Besuch, wahrscheinlich im Atelier des Schneiders. „Du wirst ihn sofort abweisen!" sagte ich. „Ich liebe das nicht!" – „Es ist mir ganz gleichgültig, was du liebst oder nicht! Überhaupt, ich hab' dich satt!" – „Liebst du ihn denn?" fragte ich, ohne sie anzusehen. – Ich war so töricht zu glauben, daß sie mir ja oder nein antworten könnte. Aber sie sagte: „Und wenn ich ihn zum Beispiel liebte? – Was dann?" – „Hüte dich!" sagte ich. „Du weißt nicht, wer ich bin, wozu ich imstande bin." – „Zu nichts!" erwiderte sie, trat an den Käfig des abscheulichen Papageis und begann, seine karmesinrote Kehle zu kitzeln. Im nächsten Augenblick knarrte er auch schon dreimal hintereinander: „Krapotkin, Krapotkin, Krapotkin." Lutetia hatte ihn so abgerichtet. Es war, als wüßte sie eigentlich schon alles über mich und als wollte sie es nur durch den Papagei sagen lassen.

Ich ließ den Papagei aussprechen, aus Höflichkeit, als wäre er ein Mensch. Dann sagte ich: „Du wirst sehen, wozu ich fähig bin!" – „So zeig's doch!" sagte sie. Sie geriet plötzlich in Zorn, oder sie tat so, als sei sie in Zorn geraten. Es schien mir, daß ihre Haare auf einmal zu wehen begannen, und es war doch kein Wind im Zimmer! Zugleich sträubten sich auch die Federn des Papageis. Sie ergriff die metallene Schaukel, auf der der gräßliche Vogel zu hocken pflegte, sobald er seinen Käfig verlassen hatte, und schlug blind auf mich ein. Die Schläge spürte ich wohl, sie schmerzten mich auch, obwohl ich sehr kräftig bin. Allein weit stärker als die Schläge war die Überraschung, die wohlvertraute Frau, die Geliebte meines Herzens, in eine Art wohl überlegenden, parfümierten Orkan verwandelt zu sehen, einen verlockenden Orkan, der mich dennoch reizte, zum Versuch einer Bändigung reizte. Ich griff nach den Armen Lutetias, sie schrie vor Schmerz auf, der Vogel krächzte schrill, als riefe er Nachbarn gegen mich zu Hilfe, Lutetia taumelte, entfärbte sich und sank auf den Teppich. Sie riß mich nicht etwa mit, dazu bin ich freilich zu schwer. Aber ich ließ mich fallen. Sie umfing mich mit den Armen. So blieben wir vereint, lange Stunden, in einem seligen Haß.

Ich erhob mich, es war noch tiefe Nacht, aber ich fühlte schon den Morgen kommen. Ich ließ Lutetia liegen. Ich dachte, sie schliefe. Sie aber sagte mit einer zärtlichen, lieblichen Kinderstimme: „Komm morgen bestimmt ins Atelier! Bewahr mich vor deinem Cousin. Ich kann ihn nicht leiden! Ich liebe dich!“

Ich ging nach Hause, durch die stille, allmählich verbleichende Nacht. Ich ging vorsichtig, denn ich erwartete, jeden Augenblick irgendwo Lakatos zu treffen.

Mir war es auch, als hörte ich von Zeit zu Zeit einen sachten, schleifenden Schritt. Obwohl ich meinen Freund fürchtete, glaubte ich doch, ihn in dieser Nacht noch dringend zu brauchen. Ich bedurfte, so glaubte ich, seines Rates. Und ich wußte doch, daß es ein höllischer Rat sein mußte.

Am nächsten Tage, bevor ich zum Schneider, das heißt, eigentlich zu Lutetia ging, trank ich ausgiebig. Während ich mich also betäubte, glaubte ich, ich würde immer klarer und schmiedete immer klügere Pläne.

Der Schneider begrüßte mich begeistert. Die Gläubiger – auf den ersten Blick zu erkennen an dem düstern Lächeln und dem beredten Schweigen – warteten auf ihn im Vorzimmer.

Ich wußte nicht genau, was ich sprach. Ich wollte Lutetia sehen. In ihrer Garderobe stand sie, zwischen drei Spiegeln, man probierte verschiedene

Stoffe an ihr herum, hüllte sie ein und entblößte sie wieder, und es sah aus, als wollte man sie mit hundert Nadeln langsam und elegant zu Tode martern.

„Ist er dagewesen?" fragte ich, hinweg über die öligen Haare der drei Jünglinge, die mit den Stoffen und Nadeln hantierten.

„Nein! Nur Blumen hat er geschickt!"

Ich wollte noch etwas sagen, aber erstens war mir die Kehle zugeschnürt, und zweitens gebot mir Lutetia hinauszugehen. „Heute abend!" sagte sie.

Der Herr Charron erwartete mich schon vor der Tür. „Heute nachmittag bestimmt!" sagte ich, um nichts mehr mit ihm sprechen zu müssen, obwohl ich noch gar keine feste Hoffnung hatte, daß mir Solowejczyk das Geld geben würde.

Ich ging schnell hinaus und fuhr zu Solowejczyk.

Ich wußte wohl, daß er um jene Stunde selten anzutreffen war. Sein Zimmer hatte zwei Vorzimmer, und zwar an den entgegengesetzten Seiten je eins. Die Vorzimmer hingen so gleichsam an der Kanzlei wie zwei Ohren an einem Kopf. Das eine Vorzimmer war durch eine weiße Tür mit vergoldeten Leisten abgeschlossen. Das andere, an der gegenüberliegenden Seite, durch eine schwere grüne Portiere abgedichtet. In dem erstgenannten Vorzimmer pflegten die Ahnungslosen zu warten, jene, die nichts von den wirklichen Funktionen Solowejczyks ahnten. Im zweiten aber warteten wir, die Eingeweihten. Ich kannte nicht alle, nur einige. Durch die Portiere konnten wir alles hören, was Solowejczyk mit den Ahnungslosen besprach. Es handelte sich um lächerliche Angelegenheiten: Aus- und Einfuhr von Getreide, besondere Bewilligungen für Hopfenkommissionäre in der Saison, Verlängerung von Reisepässen für Kranke, Empfehlungen für Händler an fremde Regierungen. Uns, die Eingeweihten, interessierten alle diese Dinge nicht, aber unsere Ohren, zum Lauschen bestimmt, nahmen alles auf. Wir hätten leicht miteinander ins Gespräch geraten können, während wir so warteten, aber keiner von uns vermochte etwas über den Horchzwang, den unsere Berufsohren auf uns ausübten, und also vermieden wir Unterhaltungen, die uns nur am Lauschen gehindert hätten. Auch mißtrauten wir uns gegenseitig, ja, wir verabscheuten uns sogar. Sobald Solowejczyk die Ahnungslosen abgefertigt hatte, schlug er die grüne Portiere zurück, warf einen Blick in unser Vorzimmer und rief, je nach der Wichtigkeit der Person und des Falles, einen von uns zuerst zu sich. In diesem Augenblick mußten die andern „Eingeweihten" hinaus und über den Hof in das andere Vorzimmer, in jenes durch die Tür getrennte, durch die man nichts hören konnte.

Solowejczyk kam an jenem Nachmittag spät, aber die Ahnungslosen – mit denen er übrigens laut zu sprechen, ja oft sogar zu schreien pflegte – fertigte er damals in ganz kurzer Zeit ab – und wir waren unser etwa sechs, die auf ihn warteten. Mich rief er zuerst.

„Sie haben getrunken?" sagte er. „Setzen Sie sich!"

Freundlich, wie er noch nie zu mir gewesen war, reichte er mir sogar eine Zigarette aus seiner großen, schweren Dose aus Tulasilber.

Ich hatte mir den Anfang meiner Rede wohl zurechtgelegt, aber seine Freundlichkeit betäubte mich gewissermaßen, und ich wußte nichts mehr.

„Ich habe nichts Besonderes zu melden!" sagte ich. „Ich habe nur eine Bitte: ich brauche Geld!"

„Freilich", sagte Solowejczyk. „Der Fürst ist hier." Er blies ein paar Rauchwölkchen in die Luft. „Junger Mann", begann er, „Sie werden diese Konkurrenz nicht auf die Dauer aushalten. Sie werden elend zugrunde gehn." Er zerhackte, zerlegte das Wort „elend". Es war ein ewiges, ein uferloses „elend". „Sie sind", fuhr er fort, „ein Mensch, über den selbst ich" – und zum erstenmal merkte ich an ihm eine Art Eitelkeit – „selbst ich", wiederholte er, „mir noch nicht ganz klar bin. Sie haben kein Geld nehmen wollen. Sie wollen die Rifkins auslösen. Aber: Sie sind begabt, gewiß. Sie sind nicht vollkommen. Wie soll ich sagen, Sie sind noch ein Mensch. Sie sind schon ein Schurke – verzeihen Sie das Wort, in meinem

Munde ist es nicht persönlich, es ist sozusagen literarisch. Sie haben noch Leidenschaften. Entscheiden Sie sich."

„Ich habe mich entschieden", sagte ich.

„Sagen Sie aufrichtig", fragte Solowejczyk, „wollten Sie eigentlich dem Fürsten eine Falle stellen, indem Sie ihn veranlaßten, sich für die Rifkins einzusetzen?"

„Ja", sagte ich, obwohl es nicht wahr war, wie ihr wißt.

„So", sagte Solowejczyk, „dann sind Sie eben doch vollkommen. Es hätte Ihnen nichts genützt. Der Fürst läßt sich nie darauf ein. Aber dann können Sie auch das Geld haben. Sie bringen also die kleine Rifkin nach Rußland."

„Wie denn?" fragte ich. „Die Leute sind mißtrauisch."

„Wie, das ist Ihre Sache"„ sagte Solowejczyk. „Sie werden fälschen."

Ich drückte die Zigarette in dem schweren, schwarzen, achatnen Aschenbecher aus.

„Ich weiß nicht, wie man fälscht", sagte ich, hilflos, ein Kind.

Ach, meine Freunde! Vor meinen Augen stand damals das edle Mädchen Rifkin. Vor meinen Augen stand damals auch die Geliebte meines Herzens, Lutetia. Vor meinen Augen stand damals der Feind meines Lebens, der junge Krapotkin. Vor meinen Augen hinkte plötzlich Lakatos daher, mit schleifendem Fuß. Alle, alle, so schien es mir, beherrschten mein Leben, Was war es nur? War es noch mein eigenes Leben? Gegen alle vier erfüllte mich eine jähe Empörung. Eine gleich große Empörung, meine lieben Freunde, obwohl ich genau wußte, wie zwischen ihnen zu unterscheiden, obwohl ich genau wußte, daß ich eigentlich das edle Mädchen Rifkin liebte, daß ich Lutetia begehrte und geringschätzte und nur deshalb begehrte, weil ich über Krapotkin einen kleinen, billigen, elenden Triumph davontragen wollte, und daß ich Lakatos fürchtete als den leibhaftigen Abgesandten des Teufels, der mir, mir besonders, einen kleinen Sonderteufel zugedacht hatte. Es erfüllte mich auf einmal eine unsägliche und beseligende Begierde, stärker zu sein als sie alle, gleichsam stärker zu sein als meine eigenen Gefühle, die ich ihnen allen entgegenbrachte; stärker zu sein als meine wirkliche Liebe zu dem edlen Mädchen Rifkin; stärker als mein Haß gegen Krapotkin; stärker als meine Gier nach Lutetia; stärker als meine Furcht vor Lakatos. – Ja, stärker als ich selbst wollte ich sein, meine Lieben: das heißt es eigentlich.

Ich stürzte mich in das größte Verbrechen meines Lebens. Ich wußte aber noch nicht, wie man es begeht, am sichersten begeht, und ich fragte noch einmal zaghaft: „Ich weiß nicht, wie man fälscht."

Solowejczyk sah mich mit seinen toten, blaßgrauen Augen an und sagte: „Ihr alter Freund wird Ihnen vielleicht raten. Gehen Sie hier hinaus." – Und er wies nicht auf die Tür hin, sondern auf die Portiere, durch die ich hereingekommen war.

Es ist gewiß, meine Freunde: das Schicksal lenkt unsere Wege, eine billige Erkenntnis, alt wie das Schicksal selbst. Wir sehen es zuweilen. Meist wollen wir es gar nicht sehen. Auch ich gehörte zu jenen, die es nicht gerne sehen wollten, und allzuoft schloß ich sogar krampfhaft die Augen, um es nicht zu sehen, so wie ein Kind in der Finsternis die Augen schließt, um sich vor der Finsternis ringsum nicht zu fürchten. Mich aber – vielleicht war ich verflucht, vielleicht auserwählt, wie man will – zwang das Schicksal auf Schritt und Tritt in allzu offensichtlicher, fast schon banaler Weise, die Augen wieder zu öffnen.

Als ich die Botschaft verließ – sie lag in einer der vornehmsten Straßen, wie ihr wissen werdet, neben mehreren anderen Botschaftspalästen –, spähte ich nach einem Bistro aus. Denn ich gehöre zu den zahlreichen Menschen, die nicht im Gehen, sondern beim Sitzen und nur vor einem Glase einigermaßen Klarheit gewinnen können. Ich spähte also nach einem Bistro aus, es gab erst etwa vierzig Schritte weiter rechts eines, es war ein sogenanntes „Tabac", – und nicht mehr als zwanzig Schritte entfernt ein anderes. Ich wollte nicht ins Tabac, ich wollte ins andere. Ich ging also weiter. Als ich aber vor dem anderen stand, kehrte ich aus einem mir ganz und gar nicht mehr erklärlichen Grunde wieder um und ging ins

Tabac zurück. Ich setzte mich an einen der winzigen Tische in der rückwärtigen Abteilung des Ladens. Durch die Glastür, die das Büfett von mir trennte, sah ich die Zigarettenkäufer kommen und gehen. Ich saß dieser Glastür zugewandt, ich hatte gar nicht bemerkt, daß sich hinter meinem Rücken noch eine andere Tür befand, eine gewöhnliche hölzerne. Ich bestellte einen Marc de Bourgogne und beschloß nachzudenken.

„Da sind Sie, alter Freund", hörte ich hinter meinem Rücken. Ich wandte mich um. Ihr werdet erraten, wer es war, meine Freunde! Es war mein Freund Lakatos.

Ich gab ihm nur zwei Finger, aber er drückte sie so, als wär's meine ganze Hand.

Er setzte sich auch sofort, er war heiter, aufgeräumt, seine weißen Zähne blitzten, sein schwarzes Bärtchen schimmerte bläulich, den Strohhut schob er seitlich auf das linke Ohr. Es fiel mir auf, daß er heute kein Stöckchen trug, zum erstenmal sah ich ihn ohne Stock. Noch auffallender war seine Aktentasche, eine Tasche aus rotem Saffianleder.

„Gute Nachricht!" sagte er und wies auf die Aktentasche. „Die Prämien sind erhöht."

„Was für Prämien?"

„Prämien für Staatsfeinde", sagte er, als handelte es sich um Prämien für Schnelläufer und Radfahrer – wie es um jene Zeit üblich war.

„Ich komme soeben von Herrn Charron", fuhr Lakatos fort, „er erwartet Sie."

„Er mag warten!" sagte ich. Aber ich war unruhig.

Während Lakatos sein Gebäck in den Kaffee tauchte – ich erinnere mich noch genau, es war ein Kipfel, croissant, wie man es nennt –, warf er so nebenbei hin: „Apropos, Sie haben ja hier Freunde, die Rifkins."

„Ja", sagte ich schamlos.

„Ich weiß", sagte Lakatos, „das Fräulein muß nach Rußland. Schwer, schwer, solch einen braven Menschen auszuliefern." – Er schwieg, tauchte wieder den Kipfel in den Kaffee und sagte, indem er den aufgeweichten Teig schlürfte: „Zweitausend" – und dann, nach einer längeren Pause: „Rubel!"

Wir schwiegen ein paar Minuten. Plötzlich stand Lakatos auf, öffnete die Glastür, warf einen Blick auf die Wanduhr über dem Büfett und sagte: „Ich muß gehen, ich lasse hier Hut und Tasche. In zehn, höchstens fünfzehn Minuten bin ich zurück."

Und schon war er zur Tür hinaus.

Mir gegenüber lehnte die feuerrote Tasche Lakatos'. Der Strohhut lag neben ihr wie ein Knecht. Das Schloß der Tasche funkelte wie ein goldener, geschlossener Mund. Ein lüsterner Mund.

Eine berufliche – aber nicht allein eine berufliche, sondern auch eine Art übersinnlicher, einer teuflischen Neugier befahl mir, immer wieder über den Tisch zu schielen und die Tasche anzustarren. Ich konnte sie öffnen, bevor Lakatos wieder hier war. Zehn Minuten! hatte er gesagt. – Zehn Minuten! Ich hörte durch die geschlossene Glastür das harte Ticken der Wanduhr über dem Büfett. Ich fürchtete mich vor der Tasche. Zu beiden Seiten, über dem mittleren Schloß, das, wie gesagt, einem Mund ähnlich sah, hatte sie noch zwei kleine Schlösser, und die erschienen mir jetzt wie Augen. Ich trank noch zwei Doppelte, und schon begannen die Augen der Tasche zu zwinkern. Indessen tickte die Uhr, und die Zeit ging, und ich glaubte auf einmal zu wissen, wie kostbar die Zeit ist.

Zuweilen, in manchen Augenblicken, schien es mir, daß sich die feuerrote Ledertasche des Lakatos von selber gegen mich vorneigte, auf dem Stuhl, auf dem sie lehnte. Schließlich, in einem Augenblick, in dem ich wähnte, sie wolle sich mir ganz darbieten, griff ich nach ihr. Ich öffnete sie. Da ich die Uhr immer noch hart und grausam ticken hörte, dachte ich daran, daß Lakatos jeden Augenblick zurückkommen könnte, und ich ging mit ihr in die Toilette. Kam Lakatos inzwischen wieder, so konnte ich sagen, ich hätte sie aus Vorsicht mitgenommen. Es war mir, als nähme ich sie nicht einfach mit, sondern als entführte ich sie.

Ich öffnete sie mit fiebrigen Fingern. Ich hätte eigentlich schon wissen müssen, was sie enthielt – wie hätte ich es auch nicht wissen sollen, ich, der ich den Teufel so gut kannte und sein Verhältnis zu mir. Aber wir erkennen, meine Freunde, oft – wie es bei mir der Fall war – mit ganz anderen Fähigkeiten als mit den Sinnen oder dem Verstand – und aus Faulheit, Feigheit, Gewohnheit wehren wir uns gegen diese Erkenntnis. So erging es damals auch mir. Ich mißtraute meiner richtigen Erkenntnis; vielmehr, ich machte noch gewisse Anstrengungen, ihr zu mißtrauen.

Der eine oder andere unter euch, meine Lieben, wird vielleicht erahnen, was für Papiere sich in der Aktentasche des Lakatos befanden: Was mich betrifft, ich kannte sie gut, diese Papierchen, von Berufs wegen kannte ich sie. Es waren jene gestempelten, unterfertigten Paßformulare, die unsere Leute den armen Emigranten einzuhändigen pflegten, damit sie nach Rußland heimkehrten. Unzählige Menschen pflegte unsere Gesellschaft auf diese Weise den Behörden auszuliefern. Die armen Ahnungslosen fuhren in einer fröhlichen Sicherheit heim, mit legalen Pässen, wie es ihnen schien, an der Grenze aber hielt man sie zurück, und erst nach martervollen Wochen und Monaten kamen sie vor das Gericht und hierauf ins Zuchthaus und nach Sibirien. Die Unseligen hatten unsereinem, einem meinesgleichen vertraut. Die Stempel waren echt, die Unterschriften waren echt, die Photographien waren echt – wie sollten sie zweifeln? Auch wußten nicht einmal die offiziellen Behörden etwas von unseren schändlichen Methoden. Es gab nur ganz kleine, ganz winzige Anzeichen, an denen unsere Leute an der Grenze die Pässe der Verdächtigen von denen der Unverdächtigen unterscheiden konnten. Einem gewöhnlichen menschlichen Auge entgingen natürlich diese Anzeichen. Auch änderte man sie häufig. Einmal war es ein kleiner Nadelstich an der Photographie des Paßbesitzers; dann wieder fehlte ein halber Buchstabe im runden Stempel; das drittemal war der Name des Paßinhabers mit einer nachgezeichneten Druckschrift aufgeschrieben statt mit der gewöhnlichen Schreibschrift. Von all dem wußten die offiziellen Behörden in der Tat nicht mehr als die Opfer. Nur unsere Leute an den Grenzen kannten diese teuflischen Zeichen. Tadellose Stempel und Stempelkissen, rote und blaue und schwarze und violette, fand ich in der Aktentasche des Herrn Lakatos. Ich kehrte mit ihr wieder an meinen Tisch zurück und wartete.

Nach einigen Minuten kam Lakatos, setzte sich, zog mit einiger Feierlichkeit einen Umschlag aus der Rocktasche und überreichte ihn mir, ohne ein Wort. Während ich mich anschickte, das Kuvert zu öffnen, das das Siegel unserer Botschaft trug, sah ich, wie er seiner roten Ledermappe eines der Paßformulare entnahm, und hörte ich, wie er Tinte und Feder bestellte. In dem Schreiben, das ich las, teilte die kaiserliche Botschaft dem Fürsten Krapotkin mit, daß die besondere Gnade des Zaren die Brüder Rifkin befreit habe und daß auch der Schwester Channa Lea Rifkin keinerlei Gefahr drohe, wenn sie nach Rußland zurückkehre. Ich erschrak, meine Freunde, ich erschrak gewaltig. Aber ich stand nicht etwa auf, um wegzugehen, ja, ich schob nicht einmal das Papier Lakatos zu. Ich sah nur, wie Lakatos, ohne sich um mich zu kümmern, mit einer schönen, kalligraphischen Kanzleibeamtenschrift den Paß für die Jüdin Rifkin langsam, sorgfältig, behaglich ausstellte.

Meine Lieben! Ich zittere jetzt, während ich all dies erzähle, vor Selbsthaß und Selbstverachtung. Damals aber war ich stumm wie ein Fisch und gleichgültig wie ein Henker nach seiner hundertsten Hinrichtung. Ich glaube, daß ein tugendhafter Mensch seine edelste Tat ebensowenig zu erklären vermag wie ein Schuft von meiner Art seine niedrigste. Ich wußte ja, daß es darum ging, das edelste Mädchen, das ich kannte, zu verderben. Ich sah schon, mit meinem geübten Berufsauge, den geheimnisvollen, den teuflischen Nadelstich über dem Namen. Ich zitterte nicht, ich rührte mich nicht. Ich Unseliger dachte an die unselige Lutetia. Und, so wahr ich ein Schurke bin, ich hatte damals nur vor *einem* Angst: Ich mußte selbst zu den Rifkins gehen und dem Mädchen und dem Bruder die tückisch frohe Nachricht bringen.

Dermaßen zitterte ich davor, daß ich mich seltsamer-, das heißt schamloserweise von jeder Schuld befreit fühlte, als Lakatos, nachdem er mit dem Löschblatt sorgfältig seine Inschriften im Paß getrocknet hatte, aufstand und sagte: „Ich gehe selbst zu ihr! Schreiben Sie nur zwei Zeilen:

Der Überbringer dieses ist ein Freund, gute Reise, auf Wiedersehn in Rußland, Krapotkin." Zugleich schob er mir Tintenfaß und Papier zu und drückte mir die Feder in die Hand. Und – meine Freunde – erlaubt ihr noch, daß ich euch Freunde nenne? – ich schrieb. Meine Hand schrieb. Noch nie hatte sie so schnell geschrieben.

Ohne das Papier zu trocknen, nahm es Lakatos. Es flatterte in seiner Hand wie eine Fahne, als er hinausging. Unter seinem linken Arm flackerte die rote Tasche.

All dies ging viel schneller, als ich es zu erzählen vermag. Knapp fünf Minuten später sprang ich auf, zahlte hastig und lief vor die Tür, um nach einem Wagen zu suchen. Aber es kam kein Wagen. Statt eines Wagens sah ich einen Lakaien der Botschaft stracks auf mich zu laufen.

Solowejczyk ließ mich rufen.

Selbstverständlich wußte ich sofort, daß Lakatos gesagt hatte, wo ich zu finden sei. Statt nun eine Ausrede zu gebrauchen und nach einem Wagen zu suchen, folgte ich dem Diener und ging zu Solowejczyk.

Ich saß zwar allein im Vorzimmer der Eingeweihten, aber er ließ mich lange warten. Es vergingen zehn Minuten, zehn Ewigkeiten, da rief er mich erst. Ich begann sofort: „Ich muß fort, es ist ein teures Menschenleben, ich muß fort!"

„Um wen handelt es sich?" fragte er langsam. „Um die Rifkins!" sagte ich. „Kenne ich nicht, weiß nichts von ihnen", sagte Solowejczyk. „Bleiben Sie sitzen! Sie haben Geld gebraucht. Hier! Für besondere Dienstleistungen!" Er gab mir meinen Lohn! Meine Freunde! Wer nie einen Lohn für einen Verrat erhalten hat, kann das Wort Judaslohn für einen abgebrauchten Ausdruck halten. Ich nicht. Ich nicht. Ich nicht.

Ich lief hinaus, ohne Hut, ich erwischte einen Wagen, ich trommelte mit der Faust von Zeit zu Zeit gegen den Rücken des Kutschers, er schlug und knallte immer heftiger mit der Peitsche. Wir kamen zum Schweizer. Ich sprang ab. Der gute Mann begrüßte mich mit einem glücklichen Gesicht. „Sie sind endlich frei und gerettet", rief er, „Dank Ihnen! Sie sind schon zur Bahn. Ihr Sekretär, Durchlaucht, hat sie sofort mitgenommen. Oh, Sie sind ein edler Mensch!" Er hatte Tränen in den Augen, er griff nach meiner Hand, er bückte sich, um sie zu küssen. Der Kanarienvogel zwitscherte.

Ich entriß ihm die Hand, grüßte ihn nicht, stieg wieder in den Wagen und fuhr ins Hotel.

Unterwegs nahm ich den Scheck aus der Tasche und behielt ihn krampfhaft in der Hand. Er war mein Sündengeld, aber er sollte mein Sühnegeld werden. Es war ein unwahrscheinlich hoher Lohn, heute noch schäme ich mich, die Zahl zu nennen – obwohl ich euch doch alles andere Schändliche erzähle. Keine Lutetia mehr, kein Schneider mehr, kein Krapotkin mehr. Nach Rußland! Mit Geld konnte man sie noch an der Grenze erreichen. Meinen Kollegen telegraphieren. Man kennt mich. Mit Geld kann man sie zurückschicken! Keine lächerlichen Ambitionen mehr! Gutmachen! Gutmachen! Koffer packen und nach Rußland! Retten! Die Seele retten!

Ich bezahlte das Hotel. Ich ließ die Koffer packen. Ich bestellte zu trinken. Ich trank. Ich trank. Eine wilde Fröhlichkeit ergriff mich. Ich war schon gerettet. Ich telegraphierte dem Chef unserer geheimen Grenzpolizei Kaniuk, er möchte die Rifkins aufhalten. Ich packte eifrig, neben dem Personal.

Kurz vor Mitternacht war ich fertig. Mein Zug ging erst um sieben Uhr morgens. Ich griff in die Tasche und faßte einen Schlüssel. An seiner Form, an seinem Bart erkannten meine Finger, daß es der Schlüssel zu Lutetias Wohnung war. Ah, also ein Fingerzeig des guten Gottes. Man muß heute auch zu ihr, gesegnete Nacht, man gesteht und erzählt alles. Man nimmt Abschied und gibt ihr und sich selbst die Freiheit.

Ich fuhr zu Lutetia. Ich glaubte zu spüren, als ich ins Freie trat, daß ich zuviel getrunken hatte. Ich sah ringsum singende, aufgeregte Menschen. Ich sah Menschen mit Fahnen, aufgeregte Redner, weinende Frauen. Damals war, wie ihr wißt, Jaurès in Paris erschossen worden. Alles, was ich da sah, bedeutete natürlich den Krieg. Ich aber war damals in mich eingesponnen, ich begriff nichts, ein töricht und trunken Taumelnder ...

Ich war entschlossen, ihr zu sagen, daß ich sie belogen hatte. Einmal auf dem Wege der sogenannten Anständigkeit angelangt, gab es für mich kein Halten mehr. Ich berauschte mich jetzt geradezu an der Anständigkeit, wie ich mich vorher am Bösen berauscht hatte. Viel später erst erkannte ich, daß derlei Räusche nicht beständig sein können. Es ist unmöglich, sich an der Anständigkeit zu berauschen. Die Tugend ist immer nüchtern.

Ja, ich wollte alles beichten. Ich wollte mich – ich stellte es mir sehr tragisch vor – vor der geliebten Frau meines Lebens erniedrigen, um dann Abschied von ihr auf immer zu nehmen. Der noble und fromme Verzicht erschien mir in jenem Augenblick weitaus erhabener als die verlogene Noblesse, in der ich bis jetzt gelebt hatte, und als die Leidenschaft sogar. Ein Leidender, Erniedrigter, aber ein namenloser Held, wollte ich von nun ab durch das Leben irren. Wenn ich bis jetzt ein jämmerlicher Held gewesen war, so sollte ich von nun ab ein wirklicher, ein echter werden.

In dieser gehobenen Düsterkeit – wenn ich so sagen darf – begab ich mich zu Lutetia. Ich schloß auf. Es war die Zeit, in der Lutetia gewohnt war, meinen Besuch zu erwarten. Ich wunderte mich schon im Vorzimmer, daß mir ihr Stubenmädchen nicht entgegenkam, denn auch sie pflegte mich um diese Zeit zu erwarten. Alle Türen waren offen. Man mußte an dem ekelhaften Papagei und an dem Getier anderer Art vorbei in den erleuchteten Salon, dann in den Toilettenraum und schließlich in das sanftblau belichtete Schlafzimmer, das Lutetia ihr „Boudoir" zu nennen pflegte. Ich zögerte zuerst, ich weiß nicht, warum. Ich ging mit sachteren Schritten als gewöhnlich. Die dritte Tür, die des Schlafzimmers, war zugemacht, aber nicht verschlossen.

Ich öffnete zaghaft.

Im Bett, neben Lutetia, den Arm um ihren Nacken, lag ein Mann, und es war, wie ihr euch vielleicht denken könnt, der junge Krapotkin. Beide schienen sie so fest zu schlafen, daß sie mich nicht kommen gehört hatten. Ich näherte mich dem Bett auf den Zehenspitzen. Oh, es war gar nicht meine Absicht, eine sogenannte Szene zu machen. In jenem Moment bereitete mir der Anblick, der sich mir bot, einen tiefen Schmerz.

Aber eifersüchtig war ich keineswegs. In der heroischen Verzichtsstimmung, in der ich mich damals befand, war mir der Schmerz, den mir die beiden bereiteten, beinahe erwünscht. Er bestätigte gewissermaßen meinen Heroismus und meine Entschlüsse. Es war eigentlich meine Absicht, sie sanft zu wecken, ihnen Glück zu wünschen und beiden alles zu erzählen. Aber es geschah, daß Lutetia erwachte, einen schrillen Schrei ausstieß, der den Jungen natürlich weckte. Ehe ich noch etwas sagen konnte, saß er aufrecht im Bett, in einem knallblauen, seidenen Pyjama, das seine nackte Brust offen ließ. Es war eine weiße, schwächliche, unbehaarte Jünglingsbrust, eine Knabenbrust, ich weiß nicht, warum sie mich in jenem Augenblick so ärgerte. „Ah, Golubtschik", sagte er – und rieb sich die Augen, „Sie sind immer noch nicht abgefertigt? Hat Sie mein Sekretär nicht endgültig ausbezahlt? Geben Sie mir meinen Rock, nehmen Sie meinetwegen die Brieftasche."

Lutetia schwieg. Sie sah mich an. Sie mußte schon alles wissen. Da ich mich nicht rührte und den Fürsten nur traurig anblickte, während er, in seiner Dummheit, glauben mochte, ich sähe ihn frech oder herausfordernd an, begann er plötzlich zu brüllen: „Hinaus, Spitzel, Lump, bezahlter, hinaus!"

Und da ich in dem gleichen Augenblick sah, wie sich Lutetia, nackt, mit nackten Brüsten, aufrichtete, entbrannten in mir, trotz allen Vorsätzen und obwohl ich bereits losgelöst war von aller fleischlichen Lust sozusagen, erwachte also in mir, sage ich, beim Anblick der nackten Frau, die mir, nach den stupiden männlichen Begriffen, eigentlich „gehören" mußte, die alte böse Wut.

Es fiel mir im Augenblick gar nichts ein, nur das Wort Golubtschik erfüllte mein Hirn und mein Blut, und mein Haß fand keinen anderen Ausdruck. Die nackte Lutetia verwirrte mich vollends, und lauter noch, als der Fürst Krapotkin geschrien hatte, brüllte ich ihm ins Gesicht: „Golubtschik heißt *du!* Nicht !ich Wer weiß, mit welchen Golubtschiks deine Mutter geschlafen hat! Keiner weiß es. Mit meiner aber hat der alte Krapotkin geschlafen. Und ich bin sein Sohn!"

Er sprang auf, er faßte mich an der Gurgel, der Schwächling. Schwächer noch war er, weil er entkleidet war. Seine zarten Hände konnten meinen Hals nicht umfassen. Ich stieß ihn zurück. Er fiel aufs Bett. Von nun an weiß ich nicht mehr, was eigentlich geschah. Ich höre heute noch die schrillen Schreie Lutetias. Ich sehe heute noch, wie sie, ganz nackt, schamlos erschien sie mir damals, aus dem Bett springt, um den Jungen zu schützen. Ich weiß nicht mehr, was ich tue. In meiner Tasche liegt ein schweres Schlüsselbund, an dem ein eisernes Schloß befestigt ist, jenes Schloß, das ich aus besonderer Vorsicht an meinem Geheimkoffer anbringe, wenn wichtige Papiere darin sind. Ich habe keine wichtigen Papiere mehr. Ich bin kein Spitzel mehr. Ich bin ein anständiger Mensch. Man reizt mich. Man zwingt mich zum Mord. Ich greife, ohne daß ich wüßte, was ich tue, in meine Hosentasche. Ich schlage los, auf den Kopf Krapotkins, auf den Kopf Lutetias. Ich hatte bis zu jener Stunde noch niemals im Zorn geschlagen. Ich weiß nicht, wie es andern ergeht, wenn sie Zorn ergreift. Mir jedenfalls ging es so, meine Freunde, daß jeder meiner Schläge eine mir bis dahin unbekannte Wollust bereitete. Zugleich glaubte ich fast zu wissen, daß meine Schläge auch meinen Opfern Wollust bereiteten. Ich schlug, ich schlug – ich schäme mich nicht, es zu schildern – so schlug ich, meine Freunde."

Hier erhob sich Golubtschik von seinem Stuhl, und sein Antlitz, zu dem wir Zuhörer alle emporblickten, wurde abwechselnd käseweiß und violett. Er ließ seine Faust ein paarmal auf den Tisch niedersausen, die halbgefüllten Schnapsgläser fielen kläglich um und rollten auf den Boden, und der Wirt beeilte sich, die Karaffe zu retten. Obwohl er aufgeregt die Bewegungen Golubtschiks beobachtete, fand er doch noch die – berufliche – Geistesgegenwart, die Karaffe in seinem Schoß zu bergen. Golubtschik riß die Augen zuerst auf, dann schloß er sie, hierauf begannen wieder seine Augenlider zu zucken, eine dünne Speichelspur bildete einen weißen Saum um seine bläulichen Lippen. Ja, genauso mußte er damals ausgesehen haben, als er gemordet hatte. In diesem Augenblick wußten wir Zuhörer es alle: Er war ein Mörder ...

Er setzte sich wieder, sein Angesicht nahm die gewöhnliche Farbe an. Er trocknete den Mund mit dem Handrücken, hierauf die Hand mit dem Taschentuch und fuhr fort:

„Ich sah zuerst an der Stirn Lutetias, oberhalb des linken Auges, einen tiefen Riß. Das Blut spritzte hervor und überströmte das Gesicht und färbte die Kissen. Obwohl Krapotkin, mein zweites Opfer, hart danebenlag, gelang es mir dennoch (es war geradezu eine wunderbare Fähigkeit, mit offenen Augen nicht zu sehen, was ich nicht schauen wollte), mir einzubilden, er wäre gar nicht vorhanden. Ich sah nur das strömende Blut Lutetias. Ich erschrak nicht vor meiner Untat. Nein! Ich war nur erschrocken über den unaufhörlichen Fluß, den Überfluß des Blutes, das in einem menschlichen Schädel enthalten sein konnte. Es war, als müßte ich bald – wollte ich noch warten – in dem Blut ertrinken, das ich selbst vergossen hatte.

Ich bin plötzlich ganz ruhig. Nichts beruhigt mich so sehr wie die Sicherheit, daß sie jetzt beide schweigen werden. In alle Ewigkeit werden sie schweigen. Es ist ganz still, nur die Katzen kommen geschlichen. Sie springen auf die Betten. Vielleicht riechen sie das Blut. Aus dem Nebenzimmer krächzt der Papagei meinen Namen, meinen gestohlenen Namen: „Krapotkin, Krapotkin!“

Ich stelle mich vor den Spiegel. Ich bin ganz ruhig. Ich betrachte mein Gesicht und sage zu meinem Spiegelbild mit lauter Stimme: „Du bist ein Mörder!“ Ich denke gleich darauf: Du bist ein Polizist! Man muß sein Handwerk gründlich kennen!

Hierauf gehe ich in die Toilette, gefolgt von den lautlosen Katzen. Ich wasche meine Hände und mein Schlüsselbund und das Schloß.

Ich setzte mich an den unangenehm zierlichen Schreibtisch Lutetias und schrieb mit verstellter Schrift, mit lateinischen Buchstaben, ein paar Worte; sinnlose Worte; sie lauteten: „Wir hatten ohnehin sterben wollen. Nun sind wir durch dritte Hand gestorben. Unser Mörder ist ein Freund meines Liebhabers, des Fürsten!“

Es machte mir damals ein besonderes Vergnügen, die Schrift Lutetias genau nachzuahmen. Es war übrigens nicht schwierig, mit ihrer Tinte und ihrer Feder. Sie hatte die Schrift aller kleinen und plötzlich erhobenen Kleinbürgerinnen. Trotzdem verwandte ich eine ungewöhnlich lange Zeit auf die ganz genaue Nachahmung dieser Schrift. Um mich herum schlichen die Katzen. Der Papagei rief von Zeit zu Zeit: „Krapotkin, Krapotkin!"

Nachdem ich fertig geworden war, verließ ich das Zimmer. Ich sperrte das Schlafzimmer von außen zweimal ab, auch die Wohnung zweimal. Ich ging seelenruhig und gedankenlos die Treppe hinunter. Ich grüßte höflich, wie ich gewohnt war, die Hausmeisterin, die trotz der späten Stunde immer noch in der Loge saß und strickte. Sie stand sogar auf, denn ich war ein Fürst – und fürstliche Trinkgelder hatte sie oft von mir bekommen.

Ich stand noch eine Weile, seelenruhig und gedankenlos, vor dem Haustor. Ich erwartete einen Fiaker. Als ein freies Gefährt vorbeikam, winkte ich und stieg ein. Ich fuhr zum Schweizer, bei dem die Rifkins gewohnt hatten. Ich weckte ihn und sagte: „Ich muß mich bei Ihnen verbergen."

„Kommen Sie", sagte er nur und führte mich in ein Zimmer, das ich bis jetzt nicht gekannt hatte. „Hier können Sie sicher bleiben", sagte er. Und er brachte mir Milch und Brot.

„Ich habe Ihnen etwas zu sagen", sagte ich. „Ich habe nicht aus politischen Motiven getötet, sondern aus privaten."

„Das geht mich nichts an", erwiderte er.

„Ich habe Ihnen noch mehr zu erzählen", sagte ich. „Was denn?" fragte er.

In diesem Augenblick – es war allerdings ganz finster – nahm ich mir den Mut zu sagen: „Ich bin ein Spitzel, seit langen Jahren. Heute aber habe ich privat gemordet."

„Sie bleiben hier bis zum Morgengrauen!“ sagte er. „Bis dahin – und keine Sekunde länger bleiben Sie in diesem Haus.“ Und dann, als wäre in ihm der Engel erwacht, fügte er hinzu: „Schlafen Sie wohl! Und Gott verzeihe Ihnen!“

Ich schlief keineswegs – brauche ich euch das noch zu sagen, meine Freunde? Lange noch vor dem Morgengrauen erwachte ich. Ich hatte in meinen Kleidern schlaflos dagelegen. Ich mußte das Haus verlassen, und ich verließ es. Ich wanderte ziellos durch die erwachenden Straßen. Als es acht Uhr von den verschiedenen Türmen schlug, begab ich mich auf den Weg nach der Botschaft. Ich hatte nicht falsch gerechnet. Ich trat, ohne mich angemeldet zu haben, in das Zimmer Solowejczyks. Ich erzählte ihm alles.

Nachdem ich geendet hatte, sagte er:

„Sie haben sehr viel Unglück im Leben, aber doch auch ein klein wenig Glück. Sie wissen nicht, was geschehen ist. Es ist Krieg in der Welt. Er wird in diesen Tagen ausbrechen. Vielleicht um die Stunde, in der Sie Ihre Missetat, oder sagen wir lieber, Ihren Mord begangen haben. Sie müssen einrücken! Warten Sie ein halbes Stündchen. Sie werden einrücken!“

Nun, meine Freunde, ich rückte ein, und mit Freuden. Vergeblich fragte ich an der Grenze nach den Rifkins. Auch Kaniuk war nicht mehr da. Von meinem Telegramm wußte man gar nichts. Euch allen, die ihr den Krieg mitgemacht habt, brauche ich nicht zu erzählen, was er war, dieser Weltkrieg. Der Tod war uns allen nahe. Vertraut waren wir mit ihm, ihr wißt es, wie mit einem vertrauten Bruder. Die meisten von uns fürchteten ihn. Ich aber, ich suchte ihn. Ich suchte ihn mit aller Liebe und mit aller Gewalt. Ich suchte ihn im Schützengraben, ich suchte ihn auf den Vorposten, zwischen und vor den Stacheldrähten, im Kreuzfeuer und beim Sturmangriff, im Giftgas und überall sonst, wo ihr wollt. Ich bekam Auszeichnungen, aber niemals eine Verwundung. Der gute Bruder Tod entzog sich mir einfach. Der gute Bruder Tod verachtete mich. Ringsherum fielen sie, meine Kameraden. Ich beweinte sie keineswegs. Ich beklagte die Tatsache, daß ich nicht sterben konnte. Ich hatte gemordet, und ich konnte nicht sterben. Ich hatte dem Tod Opfer geschenkt, und er bestrafte mich: Mich, mich allein wollte er nicht haben.

Ich sehnte mich damals nach ihm. Denn ich glaubte damals noch, der Tod sei eine Qual, durch die man büßen könne. Später erst begann ich zu ahnen, daß er eine Erlösung ist. Ich hatte ihn nicht verdient; und deshalb war er auch nicht gekommen, mich zu erlösen.

Es ist überflüssig, euch, meinen Freunden, die ihr es wißt, von dem Unheil zu berichten, das dann über Rußland hereinbrach. Es gehört nicht zu meiner Geschichte übrigens. Zu meiner Geschichte gehört nur die Tatsache, daß ich, gegen meinen sehnsüchtigen Willen heil geblieben, vor der Revolution flüchtete. Ich gelangte nach Österreich. Ich gelangte nach der Schweiz. Erlaßt mir bitte die einzelnen Etappen. Es zog mich nach Frankreich, es zog mich nach Paris. Es zog mich, nachdem mich der Tod verschmäht hatte, nach der Stätte meiner jämmerlichen Freveltaten, wie jeden Mörder.

Ich kam in Paris an. Es war ein fröhlicher Tag, obwohl es Herbst war, fast Winter – aber der Winter sieht ja in Paris fast so aus wie bei uns der Herbst. Man feierte den Sieg und den Frieden. Was ging mich der Sieg, was ging mich der Frieden an? Ich schleppte mich nach dem Hause in der Avenue des Champs-Élysées, wo ich einst meinen Mord begangen hatte.

Die Hausmeisterin, die alte Hausmeisterin von dazumal, stand noch vor der Tür. Sie erkannte mich nicht. Wie hätte sie mich auch erkennen sollen? Ich war grau geworden – grau, wie ich heute bin.

Ich fragte nach Lutetia – und mein Herz klopfte.

„Dritter Stock links“, sagte sie.

Ich stieg die Treppe hinauf. Ich klingelte. Lutetia selbst öffnete mir. Ich erkannte sie sofort. Sie erkannte mich keineswegs. Sie machte Anstalten, mich nicht einzulassen.

„Ah!“ sagte sie nach einer Weile – trat zurück, schloß die Tür und öffnete sie wieder aufs neue. „Ah!“ wiederholte sie und breitete die Arme aus.

Ich weiß nicht, meine Freunde, weshalb ich eigentlich in diese Arme fiel. Wir umarmten uns lange und ausführlich. Ich hatte die deutliche Empfindung, es ereignete sich etwas unerhört Banales, Lächerliches und sogar Groteskes. Man denke: die Frau, die ich mit eigenen Händen umgebracht zu haben glaubte, hielt ich in den Armen.

Nun, meine Freunde, es dauerte nicht lange, und ich erfuhr, ich erlebte die höchste, die tiefste – wenn ihr so wollt – aller Tragödien: die Tragödie der Banalität nämlich.

Ich blieb erstens bei Lutetia. Sie hieß übrigens längst nicht mehr so und auch nach dem mondänen Schneider krähte kein Hahn mehr – wie man so zu sagen pflegt. Ich blieb bei ihr: aus Liebe, aus Reue, aus Schwäche: Was kann man wissen, meine Freunde?

Ich hatte keinen von beiden getötet. Ich hatte wahrscheinlich nur die Rifkins getötet. Vorgestern erst traf ich im Jardin du Luxembourg den jungen Fürsten Krapotkin. Begleitet von seinem backenbärtigen, silbrigen und schwarzen Sekretär, der immer noch lebt und, wenn auch schäbiger und armseliger als einst, dennoch immer noch nicht wie ein Begleiter des Fürsten aussieht, sondern wie sein Leichenträger, ein Leichenbegleiter sozusagen, ging der junge Fürst einher, an zwei Stöcken humpelte er – vielleicht die Folge der Verletzung am Kopfe, die ich ihm damals beigebracht hatte.

„Ah, Golubtschik" rief er, als er mich erblickte – und es klang anders, freudig beinahe.

„Ja, ich bin es!" sagte ich. „Verzeihen Sie mir!"

„Nichts, nichts, nichts von der Vergangenheit!" sagte er und richtete sich mit Hilfe seiner zwei Stöcke zu seiner vollen Größe auf. „Wichtig ist die Gegenwart, die Zukunft!"

Ich sah sofort, daß er schwach von Sinnen war, und sagte: „Ja, ja!"

Plötzlich erglomm ein leichtes Feuerchen in seinen Augen, und er fragte:

„Das Fräulein Lutetia? Lebt sie?"

„Sie lebt!“ sagte ich – und verabschiedete mich hastig.

Und damit ist eigentlich meine Geschichte zu Ende“, sagte Golubtschik, der Mörder. „Ich hätte euch aber noch andere Weisheiten zu sagen …“

Es wurde hell, man spürte es durch die zugemachten Türläden. Durch die seltenen Ritzen drang der siegreiche, goldene Sommermorgen zage und dennoch kräftig herein – und man hörte die erwachenden Geräusche der Pariser Straßen und vor allem das lärmende Jubeln der morgendlichen Vögel.

Wir schwiegen alle. Längst waren unsere Gläser geleert.

Auf einmal klopfte es hart und trocken gegen den geschlossenen Rolladen. „Das ist sie!“ rief Golubtschik, „unser Mörder“ – und im nächsten Augenblick war er verschwunden; er hatte sich unter dem Tisch verborgen.

Der Wirt des „Tari-Bari“ ging behäbig zur Tür. Er öffnete sie. Er steckte – und es schien uns eine Ewigkeit zu dauern – den großen Drehschlüssel in das Schloß, und langsam, langsam und lärmend stieg der eiserne Rolladen empor. Der junge Tag drang voll und siegreich in unser übernächtiges Gestern. Entschlossener noch als der Morgen drang eine ältliche, dürre Frau in den Laden ein. Sie ähnelte mehr einem übergroßen, hageren Vogel als einer Frau. Eine tiefe, häßliche Narbe über dem linken Auge versuchte ein allzu dünner, zu kurzer, schwarzer Schleier, lieblos am linken Rand des lächerlichen Hütchens angebracht, vergeblich zu verdecken. Und ihre schrille Stimme, mit der sie fragte: „Wo ist mein Golubtschik? Ist er hier? Wo ist er?“, erschreckte uns alle dermaßen, daß wir, auch wenn wir gewollt hätten, nicht imstande gewesen wären, ihr die Wahrheit zu sagen. Sie verstreute noch ein paar häßliche und unmenschlich flinke Vogelblicke – und verschwand hierauf.

Erst eine Weile später kroch Golubtschik unter dem Tisch hervor. „Sie ist fort!“ sagte er erleichtert. „Das ist Lutetia.“ Und gleich hierauf: „Auf Wiedersehn! Meine Freunde! – Auf morgen abend!“ Mit ihm ging auch der Chauffeur. Draußen wartete schon der erste Gast. Er drückte ungeduldig auf die Hupe.

Der Wirt blieb allein mit mir. „Welche Geschichten hört man doch bei Ihnen“, sagte ich.

„Ganz gewöhnliche, ganz gewöhnliche“, erwiderte er. „Was ist schon seltsam im Leben? Ganz gewöhnliche Geschichten hat es zu verteilen. Es wird Sie nichts hindern wiederzukommen, wie?“

„Ganz gewiß nicht!“ sagte ich.

Als ich diese Worte aussprach, war ich auch überzeugt, daß ich den Wirt und das Gasthaus und den Mörder Golubtschik und die anderen Stammgäste alle noch oft wiedersehen würde. Ich ging.

Der Wirt hielt es für nötig, mich bis über die Schwelle zu begleiten. Es sah aus, als zweifelte er noch ein wenig an meiner Absicht, sein Lokal auch weiterhin, wie bisher, zu besuchen. „Werden Sie auch wirklich wiederkommen?“ fragte er noch einmal. „Aber selbstverständlich!“ sagte ich. „Sie wissen ja, ich wohne schräg gegenüber, im Hotel des Fleurs Vertes!“ „Ich weiß, ich weiß“, sagte er, „aber, es ist mir plötzlich, als seien Sie schon weit fortgezogen.“

Diese unvermuteten Worte erschreckten mich zwar nicht, aber ich war durch sie stark betroffen. Ich fühlte: sie enthielten irgendeine größere, mir nur noch verhüllte Wahrheit. Es war ja nichts anderes als eine konventionelle Höflichkeit, daß der Wirt des „Tari-Bari“ mich, einen alten Stammgast, nach einer durchzechten Nacht bis auf die Straße begleitete. Dennoch hatte diese Handlung etwas Feierliches, ungewohnt, ich möchte sagen: ungerechtfertigt Feierliches. Schon kamen von den Hallen die ersten Wagen zurück. Sie rollten munter dahin, obwohl die Kutscher auf den Böcken, ermüdet von der nächtlichen Arbeit, schliefen und die Zügel in ihren schlafenden Händen auch zu schlafen schienen. Eine Amsel kam zutraulich knapp vor die großen, schlappen Filzschuhe des Wirtes gehüpft. Sie blieb seelenruhig, wie in Nachdenken versunken, neben uns stehn, und so, als interessierte sie unser Gespräch. Allerhand morgendliche Geräusche erwachten. Tore öffneten sich knirschend, Fenster klirrten sachte, kehrende Besen schlurften mit strengem Kratzen über Pflastersteine, und irgendwo jammerte ein Kind, das man jäh aus dem Schlaf gerissen haben mochte. Das ist ja ein Morgen wie alle Morgen, sagte ich mir in meinem Innern. Ein gewöhnlicher Pariser Sommermorgen! – Und laut sagte ich zum Wirt des „Tari-Bari“: „Aber ich ziehe ja gar nicht weg! Fällt mir ja gar nicht ein!“ – Und ich stieß dabei ein kleines, zaghaftes Lachen aus – es hätte eigentlich ein starkes, überzeugendes sein sollen; es kam leider nur so kümmerlich heraus: eine wahre Mißgeburt von einem Lachen ...

„Na, dann also auf Wiedersehen!“ sagte der Wirt, und ich drückte seine weiche, fleischige, eigentlich käsige Hand.

Ich sah mich nicht mehr nach ihm um. Wohl aber fühlte ich, daß er wieder in sein Gasthaus zurückgegangen war. Es war natürlich meine Absicht, die Straße zu überqueren, um mein Hotel zu erreichen. Ich tat es dennoch nicht. Es schien mir, daß der Morgen noch zu einer kleinen Wanderung locke und daß es unangebracht, wenn nicht häßlich sei, in ein kärgliches Hotelzimmer zu einer Zeit zu gehn, von der man nicht sagen konnte, sie sei zu früh oder zu spät. Es war kein früher Morgen mehr, und es war noch kein später. Ich beschloß, ein paarmal um den Häuserblock herumzugehen.

Ich wußte nicht, wie lange ich so herumgewandert war. Ich behielt, als ich endlich vor meinem Hotel stand, von dem ganzen morgendlichen Spaziergang nichts mehr in der Erinnerung als ein paar nicht gezählte, keineswegs gezählte Glocken verschiedener unbekannter Türme. Die Sonne lag schon kräftig und durchaus heimisch im Vestibül. Mein Hotelwirt, in rosa Hemdsärmeln, machte den Eindruck, als schwitzte er jetzt bereits so, wie er an andern Tagen nur in der Mittagsstunde zu schwitzen pflegte. Jedenfalls hatte er, obwohl er im Augenblick gar nichts tat, ein sehr beschäftigtes Aussehn. Ich erfuhr auch sofort, warum.

„Endlich ein Gast!“ sagte er und zeigte auf drei Koffer, die er neben seinem Schreibtisch aufgestapelt hatte. „Sehn Sie sich nur die Koffer an“, fuhr er fort, „und Sie werden gleich wissen, was für ein Gast es ist!“

Ich sah mir das Gepäck an. Es waren drei gelbe, schweinslederne, großartige Koffer, und ihre messingnen Schlösser leuchteten wie geheime, versperrte goldene Münder. Über jedem der Schlösser standen in blutroter Schrift die Initialen: „J.L.“

„Er hat das Zimmer zwölf“, sagte der Wirt. „Knapp neben Ihnen. Feine Gäste setze ich immer nebeneinander.“

Damit gab er mir den Schlüssel.

Ich behielt den Schlüssel eine Weile in der Hand und gab ihn dann zurück. „Ich möchte unten den Kaffee trinken“, sagte ich. „Ich bin zu müde, um noch hinaufzugehen!“

Ich trank den Kaffee im winzigen Schreibzimmer, zwischen einem längst ausgetrockneten Tintenfaß und einer Majolikavase, gefüllt mit Zelluloidveilchen, die an Allerseelen erinnerten.

Die gläserne Tür ging auf, und herein trat, nein tänzelte, ein eleganter Herr. Von ihm ging seltsamerweise ein starker Veilchenduft aus, so daß ich einen Augenblick dachte, die Zelluloidveilchen in der Majolikavase seien plötzlich lebendig geworden. Bei jedem Schritt vollzog der linke Fuß dieses Herrn – ich sah es deutlich – eine zierliche Schleife. Er war ganz hellgrau-sommerlich gekleidet, geradezu in einen silbernen Sommer gehüllt. Blauschwarz leuchteten seine straff in der Mitte gescheitelten Haare, die so aussahen, als ob nicht ein Kamm, sondern eine Zunge sie geglättet hätte.

Er nickte mir zu, freundlich und zugleich reserviert.

„Auch einen Kaffee!“ rief er durch die Tür, die er offengelassen hatte, zum Wirt hinaus.

Dieses „auch“ ärgerte mich.

Er bekam seinen Kaffee. Er rührte lange, übermäßig lange, mit dem Löffel in der Tasse herum.

Ich wollte mich eben erheben, da begann er, mit einer Stimme, die klang wie Samt und Flöte, wie eine Flöte aus Samt:

„Sie sind auch fremd hier, nicht wahr?"

Es klang in meinen Ohren wie ein Echo. Ich erinnerte mich, daß ich diese gleiche Frage heute – oder war es gestern? – schon gehört hatte. Ja, ja! Diese Frage, der Mörder Golubtschik hatte sie erwähnt, mochte sie in der Nacht erwähnt haben, oder vielleicht auch hatte sie nicht wörtlich so gelautet! Zugleich entsann ich mich des Namens: „Jenö Lakatos", und ich sah auch die blutroten Initialen auf den gelben Koffern: „J. L."

Statt dem Herrn zu antworten, fragte ich ihn also: „Wie lange wollen Sie hierbleiben?"

„Oh, ich habe Zeit!" sagte er. „Ich verfüge ganz über meine Zeit!" Der Wirt kam herein, mit einem leeren Meldeformular. Er bat den neuen Gast, seinen Namen einzuschreiben.

„Schreiben Sie", sagte ich – obwohl er mich gar nicht gefragt hatte und in einer Art Anfall von Ungezogenheit, über die ich mir heute noch keine Rechenschaft geben kann –, „in der Rubrik Familienname: Lakatos; in die Rubrik Vorname: Jenö." Und ich erhob mich und verbeugte mich und ging.

Am selben Tage noch verließ ich meine Wohnung in der Rue des Quatre Vents. Den Golubtschik habe ich nie mehr wiedergesehn, auch nie mehr einen von den Männern, die seine Geschichte gehört hatten.